SOUTÉNEMENTS

ET DÉBATS

Que fournissent devant M. **Fruchard**, *Juge au Tribunal civil de Nantes, et commissaire en cette partie, les sieurs :*

1.° Mathurin Peccot, architecte, demeurant et domicilié à Nantes, rue Saint-Léonard ; 2.° Louis Peccot, architecte, demeurant à Nantes, sur la Fosse ; 3.° Dame Julie Kirouard, veuve du sieur Antoine Peccot, agissant tant en son nom personnel que comme tutrice légale de Demoiselle Julie Peccot, sa fille mineure ; 4.° les sieurs Mathurin et Antoine Peccot, fils dudit sieur Antoine Peccot, demeurant avec leur mère, rue de la Glacière, à Nantes, demandeurs en reddition de compte.

M.e JOLLY, *avoué*.

Sur le Compte présenté le* 30 *mai* 1830, *par les sieurs :

1.° Louis Crucy, ancien négociant, demeurant à Nantes, prairie de la Magdelaine ; 2.° Félix Crucy, architecte, demeurant à Paris ; 3.° Joachim Crucy, tanneur, demeurant autrefois à Angers, et actuellement à Nantes ; 4.° Mathurin-Julien-Anne Crucy, propriétaire, demeurant à Nantes, sur le Marais ; 5.° Dame Marie-Antoinette-Françoise Crucy, épouse du sieur Dominique Gicqueau, notaire, et ce dernier en autorisation, demeurant à Nantes, rue Crébillon ;

6.° Joseph CRUCY, capitaine de navire, demeurant à Nantes, rue de la Rosière; lesdits Félix CRUCY, Dame GICQUEAU et Mathurin-Julien-Anne CRUCY, se disant héritiers bénéficiaires de feu Mathurin CRUCY, leur père; les sieurs Joachim et Joseph CRUCY, se disant également héritiers bénéficiaires de feu Antoine CRUCY, leur père; les tous défendeurs solidaires.

M.e HEURTAUX, *avoué.*

Les faits antérieurs à l'instance de compte sont suffisamment établis dans le mémoire publié par nous en 1823; nous nous y référons en continuant de les maintenir.

Nos adversaires, qui ont toujours eu le talent de rendre obscur ce qui est clair et précis, ont encore essayé, dans le compte qu'ils ont rendu le 30 mai 1830, d'amener la discussion sur un objet qu'elle ne doit point embrasser. C'est le compte particulier des MM. CRUCY contre les héritiers PECCOT, pour fournitures qui auraient pu être faites à ces derniers et à leur père. Si le tribunal était appelé à juger cette partie du compte, nous ne craindrions pas d'entrer dans la discussion des demandes formées par les sieurs CRUCY; mais c'est déjà une tâche assez pénible pour MM. les Juges que de suivre les calculs multipliés qu'entraînent avec eux les débats sur les autres parties du compte, sans l'aggraver encore par une discussion qu'ils ne sont point appelés à juger.

En effet, l'arrêt de la Cour du vingt-deux août 1829 renvoie les parties devant le tribunal civil de Nantes, pour :

1.° Faire statuer sur les moyens de recharge proposés ou à proposer par nous relativement à la cession;

2.° Pour faire pareillement statuer sur le compte des crédits actifs et passifs de la cession, compte qu'aux termes de cette cession, les liquidateurs sont en demeure de nous rendre depuis long-temps;

La mission et les pouvoirs du tribunal sont circonscrits dans ce dispositif de l'arrêt; le compte fourni ne doit donc

porter que sur ces deux chefs, et le jugement du tribunal du 5 avril 1830 se borne à répéter les condamnations prononcées par l'arrêt de la Cour. Au surplus et lors même que MM. Crucy pourraient étendre à cet égard la juridiction du tribunal, contrairement aux termes de l'arrêt, le tribunal ne serait point encore compétent; MM. Crucy étaient négociants, leurs adversaires sont des architectes ou entrepreneurs. Les sommes demandées par les sieurs Crucy sont motivées dans leur compte pour fournitures de marchandises et valeurs diverses. Ce ne serait que la juridiction commerciale qui pourrait connaître de la demande qu'ils feraient afin de paiement des sommes par eux réclamées.

Ces deux exceptions sont tellement formelles, que nous ne pensons pas devoir nous y arrêter plus long-temps; nous nous bornerons donc sur ce chef à conclure à ce qu'il plaise au tribunal :

1.° Décerner acte aux oyants de ce qu'ils contestent formellement les demandes formées par leurs adversaires, et comprises sous l'article de leur compte intitulé : *Compte des héritiers Peccot ;*

2.° Se déclarer incompétent pour statuer sur cette partie du compte des adversaires, dire en tous cas qu'il n'y a pas lieu de statuer sur icelui, le tribunal n'étant pas légalement saisi du litige que voudraient élever les sieurs Crucy à cet égard ;

3.° Débouter en conséquence purement et simplement les sieurs Crucy de leurs demandes contenues en cette partie de leur compte.

Discussion du compte rendu par MM. Crucy, *et recharges sur ce compte.*

La loi et l'arrêt de la Cour du 22 août 1829, imposaient aux adversaires l'obligation de nous communiquer toutes les pièces, titres et documents dépendants de la succession des auteurs communs et nécessaires à l'intelligence du compte. Cette obligation devenait d'autant plus impérieuse, que la Cour nous admettait à recharger le compte; ce qu'il ne nous était possible de faire qu'avec les pièces et titres dépendants des successions de M. et M.me Crucy, ainsi que de la liquidation dont étaient chargés nos adversaires.

Nous avons fait tout ce qui nous a été possible pour obtenir cette communication complette, mais nos efforts ont été vains . . . . . Nous avons sommé nos adversaires à diverses fois, en détaillant les pièces que nous demandions, et dont l'existence est attestée par celles qui nous ont été communiquées, d'accomplir cette obligation; ces sommations sont restées sans réponse. Nous avons conclu formellement contre ce défaut de communication, nos conclusions subsisteront. Elles prouveront au tribunal que nous n'avons négligé aucun moyen pour vaincre la résistance qu'on nous a toujours opposée; et que si toutes les recharges que nous allons établir ne lui paraissent pas aussi bien justifiées qu'elles nous le semblent à nous-mêmes, elles seront appuyées en outre de cette juste et légale présomption, que si nous eussions eu entre nos mains *toutes les pièces que nous devions avoir*, aucune preuve directe n'eût manqué à l'appui de nos maintiens.

En l'absence de ces pièces, nous allons néanmoins articuler nos recharges, et, pour en rendre l'intelligence plus facile, nous suivrons les sieurs Crucy dans leurs comptes, en établissant sur chaque article les différences d'évaluation que nous prouverons.

CHAPITRE PREMIER.

Charge.

ARTICLE PREMIER DE LA CHARGE.

Tout ce chapitre, divisé en neuf parties distinctes, a été porté par les sieurs Crucy, dans leurs comptes, sur l'estimation donnée à la cession.

Il se compose presqu'en entier de bois dont les évaluations ont été faites par des experts qui, ainsi que nous le prouvons dans notre mémoire imprimé en 1823, agissaient sous l'influence du sieur Louis Crucy, notre principal adversaire; il n'est donc point étonnant que de fausses évaluations aient été données à ces bois. Nous renvoyons pour tout ce qui eut lieu à cette époque, à notre mémoire.

La Cour royale nous a admis à donner aux valeurs comprises dans cette estimation la réalité de leur prix : nous allons le déterminer en établissant pour chaque article le prix auquel a été vendu par nos adversaires, à la même époque, une valeur identique en qualité et en espèces.

Nous prenons la preuve de nos maintiens dans les pièces communiquées par nos adversaires; elles émanent d'eux, ils ne pourront les contester.

24 et 27 juillet 1785.

ESTIMATION ***des Bois existant, tant aux chantiers de la prairie de la Magdelaine, que sur le Marais et à la chambre des comptes, avec les bœufs, chevaux, charrettes et tombereaux, faite par nous soussignés et requis à cet effet, le 24 juillet 1785;*** SAVOIR :

CHANTIERS DE LA PRAIRIE.

N.os des Piles.	ESPÈCES DES BOIS.	Nombre DE PIÈCES.	DIMENSIONS.			CUBE.	CUBE général.	PRIX Partiel.		PRIX Total.		
			pieds.	pou.	lignes.			sous.	den.	liv.	sous.	d.
1.er	Soliveaux. . .	22	22	9	8	11	242	à 20	„	242	„	„
2.	Marine. . . .	100	9	9	8	4	400	à 24	„	480	„	„
3.	Soliveaux. . .	172	15	7	7	5	860	à 24	„	1032	„	„
4.	Soliveaux. . .	128	15	7	7	5	640	à 24	„	760	„	„
5.	Marine R. . .	22	12	7	7	4	48	à 18	„	79	4	„
6.	Marine R. . .	155	12	10	9	7	1085	à 17	„	922	5	„
7.	Marine R. . .	22	15	10	10	10	220	à 17	„	187	„	„
8.	Boucaux R. . .	6	16	11	10	12	72	à 16	„	57	12	„
9.	Soliveaux R. .	13	24	7	7	8	104	à 16	„	83	4	„
10.	Marine R. . .	10	13	10	9	8	80	à 16	„	64	„	„
11.	Barotins. . . .	36	18	9	8	9	324	à 24	„	388	16	„
12.	Colombage . .	67	13	5	4	en total	871 p.ds c.ts,	à 2	6	108	17	6
13.	Marine. . . .	28	10	9	9	5	140 p.ds c.ts	à 20	„	140	„	„
14.	Charpente. . .	160	9	5	5	en total	1440 p.ds c.ts	à 3	6	252	„	„
15.	Charpente. . .	50	15	5	5	en total	750 p.ds c.ts	à 3	6	131	5	„
16.	Soliveaux. . .	21	12	7	7	4	84 p.ds	à 16	„	67	4	„
	A reporter.									4995	7	6

ESTIMATION ***des Bois en chantier, prairie de la Magdelaine, tant ceux particuliers au sieur Crucy père, que ceux sur le Marais lui appartenant, et enfin ceux de la forêt de Valles, dans l'exploitation desquels M. Montaudoin était fondé pour un quart, dressée par les sieurs Peccot, d'après les livres E. F. et CF., d'après les ventes de Bernachez, au 22 juin 1786, §. 1, 2, 3, 4 et 8.e de l'art. 1.er de la charge établie par les sieurs Crucy, dans leur compte rendu aux sieurs Peccot, le 30 mai 1830, et en conformité de l'arrêt de la Cour Royale de Rennes, en date du 22 août 1829.***

		pieds.		sous.	liv.	sous.	den.
1.er	Soliveaux. f° 9, vendus livre CF., le 27 juin 1785, au S.r Seheult, pour 32s le pied cube.	242	à	32	377	4	"
2.	Marine. f° 27, livre CF., vendue à Rondineau, le 26 juillet 1785, de la Marine de même espèce. .	400	à	36	720	"	"
3.	Soliveaux. f° 27, livre CF., le 8 juillet 1785, vendus à M. Kvion, du Pellerin, bois de même espèce, à 32s	860	à	32	1376	"	"
4.	Soliveaux. f° 27, même livre *idem* … à 32s	640	à	32	1024	"	"
5.	Marine R. . . même livre *idem* … à 20s	88	à	20	88	"	"
6.	Marine R. . . même livre *idem* … à 20s	1085	à	20	1085	"	"
7.	Marine R. . . même livre *idem* … à 20s	220	à	20	220	"	"
8.	Boucauts R. . même livre *idem* … à 20s	72	à	20	72	"	"
9.	Soliveaux R. . même livre *idem* … à 20s	104	à	20	104	"	"
10.	Marine R. . . même livre *idem* … à 20s	84	à	20	84	"	"
11.	Barottins. . . livre CF., vendus le 6 juillet 1785, au s.r Gautier, architecte, à 34s	324	à	34	549	16	"
12.	Colombage . . livre CF., f.° 18, le 8 juillet, Kvion, colombage de 14, 5, 4, à 6s le pied courant . .	871	à	6	2613	"	"
13.	Marine. . . . livre CF., f.° 45, 4 octobre 1784, Bourmaud aîné, bois de 10, 9, 9, à 30s le pied cube.	140	à	30	210	"	"
14.	Charpente . . . livre CF., f.° 25, Duchesne aubergiste, bois de 10, 9, 9, à 6s	1440	à	6	432	"	"
15.	Charpente. . . livre CF., f.° 264, 24 mai, Cor, tanneur, bois de 15, 5, 5, à 6s le pied courant. . .	750	à	6	225	"	"
16.	Soliveaux. . . livre CF., f.° 254, 16 mai 1785, Bouvier, charpentier, bois de 12, 7, 7, à 30s . .	84	à	30	126	"	"
	A reporter.				9306	"	"

(Articles 4 à 10 :) Aucune trace de vente de bois de rebut de cette espèce, tant sur le livre CF, que sur les livres D, E et F : nous les portons à 20 s. le pied cube.

N.os des Piles.	ESPÈCES DES BOIS.	Nombre DE PIÈCES.	DIMENSIONS.			CUBE.	CUBE général.	PRIX Partiel.		PRIX Total.		
			pieds,	pou.	lignes.			sous.	den.	liv.	sous.	den.
							D'autre part.			4995	7	6
17.	Charpente. . .	110	9	6	5	en total	990 p.ds c.ts	à 4	″	198	″	″
18,19,20.	Petite Marine. .	229	9	9	8	4	916	à 18	″	824	8	″
21.	Charpente. . .	mesurant en bloc,					120 p.ds	à 4	″	24	″	″
22 et 23.	Soliveaux . .	123	14	7	6	4	492	à 19	″	467	8	″
24 et 25.	Charp. en Bou.	en total,					600 p.ds c.ts	à 4	″	120	″	″
26.	Soliveaux. . .	72	14	7	7	4	288	à 17	″	244	16	″
27,28 et 29.	Soliveaux . .	117	14	7	6	4	468	à 17	″	163	16	″
30.	Marine R. . .	114	11	9	9	6	684	à 17	″	581	8	″
31.	Marine. . . .	79	10	9	8	5	395	à 20	″	395	″	″
32.	Plançons . . .	48	24	10	9	16	768	à 24	″	921	12	″
33.	Barrots R. . .	31	22	9	8	11	341	à 18	″	306	18	″
34.	Soliveaux. . .	34	14	8	7	5	170	à 17	″	144	10	″
35.	*Idem*. . . .	76	14	8	7	5	380	à 17	″	323	″	″
							A reporter.			11380	4	″

		pieds.	sous.	liv.	sous.	den.
	D'autre part.			9306	"	"
17.	**Charpente**. . . livre CF., f.° 24, 20 juillet 1785, Duchesne, aubergiste, bois de 9, 6, 5, à 6ˢ le pied courant	990	à 6	297	"	"
18,19et20.	**Petite Marine** . livre CF., f.° 212, 2 avril 1785, Bedoit et C.ie, bois de 9, 9, 8, à 40ˢ	916	à 40	1832	"	"
21.	**Charpente**. . . livre CF., f.° 24, 2 avril 1785, Bedoit et C.ie, bois de 9, 9, 8, à 48ˢ.	120	à 6	36	"	"
22 et 23.	**Soliveaux**. . . livre CF., f.° 10, 28 juin 1785, Gautier, architecte, bois de 14, 7, 6 à 30ˢ le pied cube.	392	à 30	738	"	"
24 et 25.	**Charp. en Bou.** livre CF, f.° 24, 28 juin 1785, Gautier, architecte, bois de 14, 7, 6, à 6ˢ le pied courant.	600	à 6	180	"	"
26.	**Soliveaux**. . . livre CF., f.° 2, 18 juin 1785, Seheult, architecte, bois de 14, 7, 7 à 29ˢ le pied cube.	288	à 29	417	6	"
27,28et29.	**Soliveaux**. . . livre CF.. f.° 10, Gautier, bois semblable, à 30ˢ	468	à 30	702	"	"
30.	**Marine R.** . . livre CF., aucune trace sur aucun des livres de marine, nous la portons à 20ˢ le pied cube	684	à 20	684	"	"
31.	**Marine**. . . . livre F.. f.° 38, 28 septembre 1784, Bourmaud aîné, lui vendu du bois de 10, 9, 8, à 30ˢ le pied cube.	395	à 30	592	10	"
32.	**Plançons** . . . livre CF, f.° 48, 7 octobre 1784, Daviaud, lui vendu des plançons de 24, 10, 9, à 36ˢ le pied cube	768	à 36	1382	8	"
33.	**Barrots R.** . . nulle trace de vente de pareils bois, nous le rechargeons seulement de 2ˢ par p. cube.	341	à 20	341	"	"
34.	**Soliveaux**. . . livre CF., f.° 14, 6 juillet 1785, Gautier, architecte, lui vendu du bois de même espèce, à 30ˢ par pied cube	170	à 30	255	"	"
35.	**Soliveaux**. . . livre CF., f.° 14, même date, au même, à 30ˢ.	380	à 30	570	"	"
	A reporter.			17333	4	"

N.os des Piles	ESPÈCES DE BOIS.	Nombre DE PIÈCES.	DIMENSIONS.			CUBE.	CUBE général.	PRIX				
								Partiel.		Total.		
			pieds.	pouces.	pouces.		pieds.	sous.	den.	liv.	sous.	den.
						D'autre part.				11380	4	〃
36.	Soliveaux. . .	36	17	7	7	5	180	à 17	〃	153	〃	〃
37.	Soliveaux. . .	59	14	7	6	4	236	à 17	〃	200	12	〃
38,39,40.	Charpente . .	en total					1500 p.ds c.ts	à 4	〃	337	〃	〃
41.	Boucaux estimés en bloc.									330	〃	〃
42.	Chevrons. . .	mesurant en total . .					4000, pour			300	〃	〃
43.	Marine. . . .	198	9	9	8	4	792 p.ds	à 18	〃	712	16	〃
44.	Charpente . .	277	9	6	5	en total	2493 p.ds c.ts	à 4	〃	498	12	〃
45.	*Idem.* . . .	366	11	6	5	en total	4026 p.ds c.ts	à 4	〃	805	4	〃
46.	*Idem.* . . .	614	9	5	5	en total	5526 p.ds c.ts	à 4	〃	1105	4	〃
47.	Marine R. . .	100	9	9	8	4	400 pieds	à 16	〃	320	〃	〃
48.	Barrots. . . .	216	14	7	7	4	864 pieds	à 17	〃	734	8	〃
49.	Soliveaux R. .	52	14	7	7	4	208 pieds	à 16	〃	166	8	〃
						A reporter.				17043	8	〃

		pieds.		sous.	den.	liv.	sous.	den.
	D'autre part.					17333	4	″
36.	**Soliveaux.** . . livre CF., f.° 3, 18 juin 1785, Scheult, architecte, bois de même espèce, à 29s.	180	à	29	″	261	″	″
37.	**Soliveaux.** . . livre CF., f.° 10, Gautier, architecte, bois de même espèce, à 30s.	236	à	30	″	354	″	″
38,39,40	**Charpente.** . . en total 1500 pieds c.ns, livre CF., f.° 24, Duchesne, aubergiste, bois de même espèce, à 6s	1500	à	6	″	450	″	″
41.	**Boucaux** . . . estimés en bloc, jamais pareille chose n'a été estimée en bloc, recharge, un tiers ci-dessus.					440	″	″
42.	**Chevrons.** . . livre CF., f.° 16, 6 juillet 1785, Crucy, pour la salle de spectacle, chevrons, à 2s 6d le pied courant	4000	à	2	6	460	″	″
43.	**Marine.** . . . livre CF., f.° 218, 6 avril 1785, Bedoit et C.ie, bois de 9, 9, 8, à 40s le pied cube .	792	à	40	″	1584	″	″
44.	**Charpente.** . . livre CF., f.° 24, 20 juillet 1785, Duchesne, aubergiste, bois de 9, 9, 8, à 6s le pied courant.	2493	à	6	″	747	18	″
45.	**Charpente.** . . livre CF., f.° 24, 20 juillet 1785, Duchesne, aubergiste, bois de 9, 9, 8, à 6s le pied courant.	4026	à	6	″	1207	18	″
46.	**Charpente.** . . livre CF., f.° 24, 20 juillet 1785, Duchesne, aubergiste, bois de 9, 9, 8, à 6s le pied courant.	5526	à	6	″	1657	16	″
47.	**Marine R.** . . il n'existe, ainsi qu'il a été dit plus haut, aucune trace sur les livres, de bois de pareille espèce : nous rechargeons seulement de 4s par pied cube.	400	à	20	″	400	″	″
48.	**Barrots.** . . . livre CF., f.° 15, 6 juillet 1785, Gautier, architecte, bois de même dimension, à 30s.	864	à	30	″	1296	″	″
49.	**Soliveaux R.** . il n'en existe pas sur les livres de vente, nous les portons à 20s le pied cube. . .	864	à	20	″	208	″	″
	A reporter.					26399	16	″

N.os des Piles.	ESPÈCES DE BOIS.	Nombre DE PIÈCES.	DIMENSIONS.			CUBE.	CUBE général.	PRIX Partiel.		PRIX Total.		
			pieds.	pou.	pou.			sous.	den.	liv.	sous	den.
	D'autre part.									17043	8	″
50.	Soliveaux R. .	19	18	8	7	7	133 pieds	à 17	″	113	1	″
51.	Barrots. . . .	73	22	10	9	13	949 pieds	à 24	″	1138	16	″
52.	Barrots. . . .	82	23	9	9	12	984 pieds	à 24	″	1180	16	″
53.	Petite Marine .	116	9	9	8	4	464 pieds	à 22	″	504	4	″
54.	Mauvaises charpentes de Goulaine estimées en bloc									300	″	″
55.	Soliveaux R. .	8	14	8	7	5	40 pieds	à 12	″	32	″	″
56.	Soliveaux R. .	46	16	7	7	5	230 pieds	à 16	″	184	″	″
57.	Soliveaux. . .	14	17	7	7	5	70 pieds	à 18	″	63	″	″
58.	Marine R. . .	76	10	9	8	5	380 pieds	à 18	″	114	″	″
59.	Charpente de Goulaine estimée.									500	″	″
60.	Palâtres de Goulaine estimés.									72	″	″
61.	Barrots. . . .	38	23	10	9	14	532 pieds	à 24	″	638	8	″
62.	Charpente. . .	150	15	6	5	en total	2250 pieds	à 4	″	450	″	″
63.	Marine. . . .	134	9	9	8	4	536 pieds	à 17	″	455	12	″
64.	Charpente. . .	170	8	5	4	en total	1360 pieds	à 2	6	170	″	″
	A reporter.									22959	5	″

N.°	Désignation	pieds.	sous.	den.	liv.	sous.	den.
	D'autre part.				26399	16	"
50.	Soliveaux R. . il n'en existe pas sur les livres de vente, nous les portons à 20s le pied cube .	133	à 20	"	133	"	"
51.	Barrots. . . . livre F, f.° 17, 3 septembre 1784, Bourmaud aîné, bois de 22, 10, 9, à 34s le pied cube.	949	à 34	"	1613	6	"
52.	Barrots. . . . livre F., f.° 17, 3 septembre 1784, Bourmaud aîné, bois de 23, 9, 9, à 34s le pied cube.	984	à 34	"	1672	16	"
53.	Petite Marine . livre F., f.° 218, 2 avril 1785, Bedoit et C.ie, bois de même espèce, à 40s . . .	664	à 40	"	928	"	"
54.	Mauvaise charpente de Goulaine: jamais on ne fit semblable estimation; nous rechargeons d'un tiers.				400	"	"
55.	Soliveaux R. . il n'en a été vendu aucun, nous les portons à 20s le pied cube	40	à 20	"	40	"	"
56.	Soliveaux R. . même motif, même recharge à 20s le pied cube	230	à 20	"	230	"	"
57.	Soliveaux. . . livre CF., f.° 28, 26 juillet 1785, L'evêque, hydrographe, bois de même espèce, à 30s	70	à 30	"	105	"	"
58.	Marine R. . . portée à 20s le pied cube, ainsi qu'au numéro 30	380	à 20	"	380	"	"
59.	Charpentes . . de Goulaine, nous portons le tiers en sus.				666	13	"
60.	Palâtres. . . . de Goulaine nous portons le tiers en sus.				86	"	"
61.	Barrots. . . . livre F., f.° 36, 27 septembre 1784, bois de 23, 10, 9, à 34s le pied cube.	532	à 34	"	894	8	"
62.	Charpente. . . livre F., f.° 18, 8 juillet 1785, Kvion du Pellerin, charpente de 15, 6, 5, à 6s le pied courant.	2250	à 6	"	675	"	"
63.	Marine. . . . livre F., f.° 218, 2 avril 1785, Bedoit et C.ie marine de 9, 9, 8, à 2f le pied cube.	336	à 40	"	1072	"	"
64.	Charpente. . . livre F., f.° 84, 23 novembre 1784, Bonnet, négociant, bois de 8, 5, 4, à 5s 6d le pied courant.	1360	à 5	6	370	"	"
	A reporter.				35665	19	"

N.os des Piles.	ESPÈCES DES BOIS.	Nombre DE PIÈCES.	DIMENSIONS. pieds.	pou.	pou.	CUBE.	CUBE général.	PRIX Partiel. sous. den.	Total. liv.	sous.	den.
							D'autre part		22959	5	〃
65.	Soliveaux. . . .	130	12	7	7	4	520 pieds	à 17 〃	442	〃	〃
66.	Charpente. . . .	258	11	6	5	en total	2838 p.ds c.ts	à 4 〃	567	12	〃
67.	*Idem*. . . .	382	8	5	5	en total	3056 p.ds c.ts	à 3 〃	457	10	〃
68.	*Idem*. . . .	382	faisant en total				2674 p.ds c.ts	à 3 〃	401	2	〃
69.	Palâtres bois de Goulaine, estimés, ci.								60	〃	〃
70.	Bois de cent de Goulaine.						336 pièces	à 20 〃	336	〃	〃
71.	Bois de Goul. .	83	10	7	6	2	166 pieds	à 16 〃	132	16	〃
72.	Marine. . . .	51	12	10	9	2	357 pieds	à 16 〃	285	12	〃
73.	Mar.degou.reb.	101	9	9	8	4	404 pieds	à 16 〃	323	4	〃
74.	Solives. . . .	123	14	6	6	net	276t	460 toises à 112 liv. le cent.	515	4	〃
	Poteaux. . .	123	14	5	5	réd. et net	184t				
75.	Solives . . .	36	18	6	6	net	104t	245 à 90	220	10	〃
	Poteaux. . .	73	18	5	5	red. et net	141t				
76.	Soliveaux R. .	102	14	7	7	4	408 pieds	pour	244	16	〃
77.	Bois misérable de Goulaine, en bloc.								72	〃	〃
							A reporter.		27017	11	〃

N°	Désignation	pieds.	sous.	den.	liv.	sous.	den.
	D'autre part.				35665	19	„
65.	**Soliveaux.** . . livre F., f.° 21, 14 juillet 1785, Seheult, architecte, bois de 12, 7, 7, à 28ˢ le pied cube	520 à	28	„	728	„	„
66.	**Charpente.** . . livre F., f.° 27, 25 juillet 1785, Guibert, charpentier, bois de 11, 6, 5, à 6ˢ le pied courant.	2838 à	6	„	854	8	„
67.	**Charpente.** . . livre F., f.° 23, 19 juillet 1785, Gautier, architecte, bois de 8, 5, 5, à 5ˢ 6ᵈ le pied courant.	3056 à	5	6	767	1	„
68.	**Charpente.** . . livre F., f.° 23, 19 juillet 1785, Gautier, architecte, bois de 8, 5, 5, à 5ˢ 6ᵈ le pied courant.	2674 à	5	6	669	5	„
69.	**Palâtres de Goulaine, estimés un tiers en sus.** . . .				90	„	„
70.	**Bois de cent de Goulaine estimés toujours à 1 f.ʳ 10ˢ la pièce.**	336 à	30	„	504	„	„
71.	**Bois de Goul.** livre F., f.° 86, 28 novembre 1784, Gilaizeau, pour bois de 10, 7, 6, à 30ˢ le pied cube.	166 à	30	„	249	„	„
72.	**Marine.** . . . livre F., f.° 34, 24 septembre 1784, Bourmaud, bois de 12, 10, 9, à 30ˢ.	357 à	30	„	535	10	„
73.	**Mar. de Goul.** livre F., f.° 218, 2 avril 1735, Bedoit et C.ⁱᵉ, bois de 9, 9, 8, à 2ᶠ le pied cube . . .	404 à	2	„	808	„	„
		toise.	liv. le °/₀				
74.	**Solives.. . . / Poteaux. . .** { Tous ces bois furent vendus au pied cube, nous les considérons comme charpente, et les estimerons ainsi que la charpente se vendait, à 5ˢ 6ᵈ le pied courant, ce qui fait 33ˢ la toise courante.	460 à	165		759	„	„
75.	*Idem.* *Idem*	245 à	165		404	5	„
		pieds.	sous.	d.	liv.	sous.	d.
76.	**Soliveaux R.** . . nous les portons à 20ˢ le pied cube	408 à	20	„	408	„	„
77.	**bois misérable de Goulaine, estimé comme plus haut, un tiers en sus**				98	„	„
	A reporter.				42540	8	„

N.os des Piles.	ESPÈCES DES BOIS.	Nombre DE PIÈCES.	DIMENSIONS. pieds.	pou.	pou.	CUBE.	CUBE général.	PRIX Partiel. sous.	den.	PRIX Total. liv.	sous.	den.
	D'autre part.									27017	11	″
78.	Bois tors R. 45 / Bordage. 92 — estimés en bloc									157	″	″
79.	Petites allonges mauvaises et mauvais madriers 170ᵉ en rebut, estimés en bloc									240	″	″
80.	Marine R.	58	11	9	9	6	348 pieds	à 9	″	126	12	″
81.	Marine de 4.e et bout de rebut.	129	13	10	9	8	1032 pieds	à 18	″	928	16	″
82.	Petite Marine.	187	9	9	8	4	748 pieds	à 15	″	561	″	″
83.	Marine R.	105	14	7	7	″	″	à 12 pièce		63	″	″
84.	Soliveaux R.	188	13	7	7	″	″	à 17	″	154	16	″
	Marine R.	22	15	10	10	″	″	à 12	″	13	4	″
85.	Charpente de rebut, en bloc									96	″	″
86.	Marine R.	68	9	8	8	4	″	à 8	″	27	4	″
87.	Plançons	48	26	9	9	16	768	à 24	″	921	12	″
88.	Marine torse.	144	9	9	8	4	576	à 15	″	432	″	″
	— droite.	12	15	10	9	9	108	à 12	″	64	16	″
89.	Charpente R., estimé en bloc									60	″	″
90.	Solives	50	17	6	6	réd.t et net 240t à 120 liv. le o/o				288	″	″
	Poteaux.	59	17	5	5							
91.	Poteaux.	63	20	5	5	réd.t et net 192t à 140 liv. le o/o				268	16	″
92.	Divers morceaux, estimés en bloc									120	″	″
93.	Marine.	175	9	9	8	4	700 pieds	à 20 s	″	700	″	″
94.	Soliveaux.	107	14	7	7	4	428	à 17	″	363	16	″
	A reporter.									32604	3	″

N.°	Désignation	pieds.	sous	den.	liv.	sous.	den.
	D'autre part.				42540	8	„
78.	Bois tors R. / Bordage. . } estimés un tiers en sus.				209	8	6
79.	Petites allonges et mauvais madriers, estimés un tiers en sus				320	„	„
80.	Marine R. . . portés à 20s le pied cube. . . .	348 à	20	„	348	„	„
81.	Marine de 4.e et bout de reb. } porté à 20s le pied cube comme aux numéros précedents. . . .	1032 à	20	„	1032	„	„
82.	Petite Marine . livre F., f.° 218, 2 avril 1785, Bedoit et C.ie, bois de 9, 9, 8, à 2f	748 à	40	„	1496	„	„
83.	Marine R. . . livre F., 105, à 12s pièces, portés à 3 liv	à	3	„	315	„	„
84.	Soliveaux R. livre F., 105, à 2f la pièce . . .	à	2	„	376	„	„
	Marine R.. . *Idem.*	à	2	„	66	„	„
85.	Charpente de rebut en bloc, un tiers en sus. . . .				128	„	„
86.	Marine R. *idem* à 20s.	à	20	„	68	„	„
87.	Plançons . . . livre F., f.° 85, 24 novembre 1784, Bourmaud aîné, bois de 26, 9, 9, à 34s. . . .	768 à	34	„	1305	12	„
88.	Marine tors droit } 240t à 165f le %, comme à l'article 75, même valeur que la vente de Bernachez, y compris les frais.				396	„	„
89.	Charpente R. . estimée en bloc.				90	„	„
90.	Soliveaux .. Poteaux. . } 240t à 165f le % même valeur que la vente de Bernachez, y compris les frais.				396	„	„
91.	Poteaux. . . . 192t à 165f le %, même valeur que la vente de Bernachez y compris les frais.				316	16	„
92.	Divers morceaux estimés en bloc le tiers en sus. .				160	„	„
93.	Marine. . . . livre F, f.° 218, 2 avril 1785, Bedoit et C.ie, bois de 9, 9, 8, à 2f	700 à	40	„	1400	„	„
94.	Soliveaux. . . livre F., f.° 2, 18 juin 1785, Seheult, architecte, bois de même espèce à 29s le pied cube.	428 à	29	„	620	12	„
	A reporter.				51583	16	6

N.os des Piles.	ESPÈCES DE BOIS.	Nombre DE PIÈCES.	DIMENSIONS.			CUBE.	CUBE général.	PRIX Partiel.	PRIX Total.		
			pieds.	pou.	pou.				liv.	sous	den.
						D'autre part.			32604	3	″
95.	Solives . . .	23	16	6	6	réduit et net	94^t	à 150 liv. le %.	141	″	″
	Poteaux. . .	24	16	5	5						
96.	Solives . . .	100	14	6	6	*id.*	374^t	à 140	523	12	″
	Poteaux. . .	100	14	5	5						
97.	Solives. . . .	31	6	6	6	*id.*	50^t	à 110	55	″	″
	Poteaux. . .	31	6	5	5						
98.	Solives . . .	116	8	6	6	*id.*	248^t	à 120	297	12	″
	Poteaux. . .	232	8	5	5						
99.	Solives . . .	67	12	6	5	*id.*	289^t	à 115	332	7	″
	Poteaux. . .	136	11	5	5						
100.	Solives. . . .	35	12	6	6	net	67^t	à 130	87	2	″
101.	Solives . . .	45	12	6	6	réduit et net	735^t	à 115	845	″	″
	Poteaux. . .	92	11	5	5						
102.	Poteaux R. . .	36	24	5	5	*id.*	93^t	à 90	83	14	″
103.	Soliveaux. . .	47	14	7	7	4 c.	188 p.ds cub.	à 16 s. ″	150	8	″
104.	Solives . . .	126	7	6	6	réduit et net.	236^t	à 110 liv. le %	259	12	″
	Poteaux. . .	127	7	5	5						
105.	Solives	39	6	6	6	net	38	à 100	38	″	″
106.	Solives . . .	75	8	6	6	réduit et net	353	à 100	353	″	″
	Poteaux. . .	300	8	5	5						
107.	Poteaux. . . .	278	6	5	5	*id.*	199	à 72	128	17	7
						A reporter.			35899	7	7

		pieds.	sous.	den.	liv.	sous.	den.
	D'autre part.				51583	16	6
95. Soliveaux. 95. Poteaux .	toise. 94 à liv. le °/o 175 — Brouillard A., Contremarque CF., f.° 23, 22 juin 1786. Bernachez vendait le cent de toises, 145 l. Nous portons pour entrée en magasin de faux frais, 20 f. Total 165 fr. *Voir la vente de Bernachez, dont le montant est de 115 fr.*				156	3	″
96. Solives. . . . 96. Poteaux. . .	374^t à 165^l le °/o, que nous portons comme bois de même valeur . .				617	2	″
97. Solives. . . . 97. Poteaux. . .	50^t à 165^l le °/o, même valeur que la vente de Bernachez, y compris les frais.				82	10	″
98. Solives. . . . 98. Poteaux. . .	248^t à 165^l le °/o, même valeur que la vente de Bernachez, y compris les frais.				409	4	″
99. Solives. . . . 99. Poteaux. . .	289^t à 165^l le °/o, même valeur que la vente de Bernachez, y compris les frais.				467	17	″
100. Solives. . . .	livre CF., f.° 15, Gautier, architecte, bois de 12, 6, 6, à 29^s, cubant 3 pieds. .	105	à 29	″	152	9	″
101. Solives. . . . 101. Poteaux. . .	735^t à 165^l le °/o, même valeur que la vente de Bernachez, y compris les frais				1214	15	″
102. Poteaux R. . .	93^t à 165^l le °/o, même valeur que la vente de Bernachez, y compris les frais. . .				143	9	″
103. Soliveaux. . .	livre CF., f.° 2, 18 juin, Seheult, architecte, bois de 14, 7, 7, à 29^s le pied cube .	188	à 29	″	272	12	″
104. Solives . . . 104. Poteaux. . .	236^t à 165^l le °/o, même valeur que la vente de Bernachez, y compris les frais.				252	7	″
105. Solives. . . .	58^t à 165^l le °/o, même valeur que la vente de Bernachez, y compris les frais. . . .				95	14	″
106. Solives . . . 106. Poteaux. . .	352^t à 165^l le °/o, même valeur que la vente de Bernachez, y compris les frais.				580	16	″
107. Poteaux R. . .	179^t à 165^l le °/o, même valeur que la vente de Bernachez, y compris les frais. . . .				295	7	″
	A reporter.				56324	1	6

N.os des Piles.	ESPÈCES DES BOIS.	Nombre DE PIÈCES.	DIMENSIONS. pieds.	pou.	pou.	CUBE.	CUBE général.	PRIX Partiel.	Total. liv.	sous.	den.
						D'autre part.			35899	7	7
108.	Poteaux. R. . .	157	11	5	5	*id.*	184^{t}	à 70 liv. le o/o	128	16	″
109.	Poteaux. R . .	400	7	5	5	*id.*	299^{t}	à 70	179	8	″
110.	Solives. . . .	57	9	6	6	*id.*	73^{t}	à 100	73	″	″
111.	Poteaux. . . .	130	6	5	5	, réduit et net	84^{t}	à 60	50	8	″
112.	Solives. . .	160	8	5	6	*id.*	276^{t}	à 95	357	4	″
	Poteaux. . .	200	8	5	5						
113.	Solives. . .	50	11	6	6	*id.*	211^{t}	à 92	194	2	4
	Poteaux. . .	104	11	5	5						
114.	Pour tout ce qui est dans le parc, en bloc.								900	″	″
115.	Solives . . .	63	6	6	6	réduit et net	143^{t}	à 92 liv. le o/o.	131	11	2
	Poteaux. . .	127	6	5	5						
116.	Petite Marine.	84	10	9	9	5	420 pieds	à 15^{s} ″	315	″	″
117.	Solives et poteaux en bloc, estimés.								400	″	″
118.	Marine R. . .	65	10	9	9	5	325 pieds	à 10 ″	162	10	″
119.	Marine R. . .	154	10	9	9	5	770 pieds	à 10 ″	385	″	″
Id.	Mauvais madriers, estimés en bloc.								36	″	″
						A reporter.			39212	7	1

		pieds.	sous.	den.	liv.	sous.	den.
	D'autre part.				56324	1	6
108.	Poteaux R. . . 184^{t} à 165^{l} le $^{o}/_{o}$, même valeur que la vente de Bernachez, y compris les frais. . . .				303	12	"
109.	Poteaux R. . . 299^{t} à 165^{l} le $^{o}/_{o}$, même valeur que la vente de Bernachez, y compris les frais. . . .				494	5	"
110.	Solives.. . . . 73^{t} à 165^{l} le $^{o}/_{o}$, même valeur que la vente de Bernachez, y compris les frais. . . .				120	9	"
111.	Poteaux. . . . 84^{t} à 165^{l} le $^{o}/_{o}$, même valeur que la vente de Bernachez; y compris les frais . . .				138	12	"
112. 112.	Solives . . . Poteaux. . . } 376^{t} à 165^{l} le $^{o}/_{o}$, même valeur que la vente de Bernachez, y compris les frais.				620	8	"
113. 113.	Solives . . . Poteaux. . . } 211^{t} à 165^{l} le $^{o}/_{o}$, même valeur que la vente de Bernachez, y compris les frais.				348	3	"
114.	Pour tout ce qui est dans le parc, un tiers en sus.				1200	"	"
115. 115.	Solives . . . Poteaux. . . } 143^{t} à 165^{l} le $^{o}/_{o}$, même valeur que la vente de Bernachez, y compris les frais.				235	19	"
116.	Petite Marine . livre F., f.° 45, 4 octobre 1784, Bourmaud aîné, 10, 9, 9, à 30^{s} le pied cube. . .	420	à 30	"	630	"	"
117.	Solives et poteaux en bloc, le tiers en sus. . . .				533	6	"
118.	Marine R.. . . il n'en a pas été vendu un morceau, nous la passons comme telle à 20^{s}.	325	à 20	"	325	"	"
119.	Marine R. . . il n'en a pas été vendu un morceau, nous la passons comme telle à 20^{s}	770	à 20	"	770	"	"
Id.	Mauvais madriers en bloc, estimés le tiers en sus.				48	"	"
	A reporter.				62091	15	6

N.os des Piles	ESPÈCES DE BOIS.	Nombre de pièces.	DIMENSIONS.			CUBE.	CUBE général.	PRIX Partiel.		PRIX Total.		
			pieds.	pouces.	pouces.		pieds.	sous.	den.	liv.	sous.	den.
	D'autre part.									39212	7	1

BOIS DE DESSUS LA GRÈVE DE *I. C.*

N.os des Piles	ESPÈCES DE BOIS.	Nombre de pièces.	DIMENSIONS.			CUBE.	CUBE général.	PRIX Partiel.		PRIX Total.		
	Marine. . . .	33	14	12	11	12	396 pieds	à 19	〃	376	4	〃
	Idem. . . .	13	cubant ensemble				255	à 16	〃	204	〃	〃
	Idem. . . .	90	14	12	18	11	990	à 18	〃	891	〃	〃
	Idem. . . .	40	13	11	10	9	360 pieds	à 16	〃	288	〃	〃
	Idem. . . .	18	14	12	11	14	252 pieds	à 17	〃	214	4	〃
120.	Marine et Plançons, estimés ensemble						2784 pieds	à 20	〃	2784	〃	〃
	Marine. . . .	61	13	12	11	11	671 pieds	à 17	〃	570	7	〃
	Soliveaux. . .	31	15	7	7	5	155 pieds	à 17	〃	131	15	〃
	Marine. . . .	14	13	12	11	11	154 pieds	à 17	〃	130	18	〃
	Marine R. . .	137	12	10	9	7	959 pieds	à 11	〃	527	9	〃
	Soliveaux. . .	18	16	7	7	5	90 pieds	à 17	〃	70	10	〃
121.	Soliveaux. . .	120	14	7	7	4	480 pieds	à 16	〃	384	〃	〃
122.	*Idem.* . . .	120	14	7	7	4	500 pieds	à 16	〃	400	〃	〃
123.	*Idem.* . . .	98	15	7	7	5	490 pieds	à 16	〃	392	〃	〃
124.	Petite marine .	61	9	8	8	4	244 pieds	à 18	〃	219	12	〃
	A reporter.									46796	6	1

		pieds.	sous.	den.	liv.	sous.	den.
	D'autre part				62091	15	6

BOIS DE DESSUS LA GRÈVE DE *I. C.*

		pieds.	sous.	den.	liv.	sous.	den.
	Marine. . . 33, livre D, f.° 63, 8 juillet 1783, Bourmaud aîné, bois de 14, 12, 11. . .	396	à 32	"	633	12	"
	Marine. . . 13, livre D., f.° 63, 8 juillet 1783, Bourmaud aîné, sans désignation de dimension, à.	255	à 32	"	408	2	"
	Marine. . . 90, livre D., f.° 63, 8 juillet 1783, Bourmaud aîné, bois de 14, 12, 10, . .	990	à 32	"	1572	"	"
	Marine. . . 40, livre D., f.° 63, 8 juillet 1783, Bourmaud aîné, bois de 13, 11, 10, .	360	à 32	"	576	"	"
	Marine. . . 18, livre D., f.° 63, 8 juin 1783, Bourmaud aîné, bois de 14, 12, 12 . .	252	à 32	"	403	4	"
120.	Plançons. . . livre D., f.° 63, 8 juillet 1783, Bourmaud aîné, bois de " " " .	2784	à 32	"	4450	8	"
	Marine. . . 61, livre D., f.° 63, 8 juillet 1782, Bourmaud aîné, bois de 13, 12, 11 . .	671	à 34	"	1140	12	"
	Soliveaux . . 31, livre CF., f.° 63, Bourmaud aîné, bois de 15, 7, 7	155	à 30	"	232	10	"
	Marine. . . 14, livre CF., f.° 63, Bourmaud aîné, bois de 13, 12, 11..	154	à 32	"	256	12	"
	Marine R.. . 137, livre CF., f.° 63, Bourmaud aîné, bois de 12, 10, 9, ...	959	à 20	"	959	"	"
	Soliveaux . . 18 livre CF., f.° 15, Gautier, bois de 16, 7, 7	90	à 30	"	135	"	"
121.	Soliveaux.. . . 120, livre CF., f.° 15, Gautier, bois de 14, 7, 7	480	à 30	"	720	"	"
122.	Soliveaux.. . . 125; livre CF., f.° 15, Gautier, bois de 14, 7, 7..	500	à 30	"	750	"	"
123.	Soliveaux.. . . 98, livre CF., f.° 15, Gautier, bois de 11, 7, 7.	490	à 30	"	775	"	"
124.	Petite Marine . 61, livre CF., f.° 27, Lehours et Roudineau, bois de 9, 9, 8.	244	à 36	"	439	4	"
	A reporter				75542	19	6

		liv.	sous.	den.
D'autre part.		46796	6	1

BOIS DE *I· C.* QUI SONT DANS L'HANGAR.

Première Passée.

Chevrons. .	375 Chev. de sciage, de 12 pds font 750 1940 *Idem* de 9 2910 2000 *Idem* de 6 2190	5660t à 44 liv. le o/o	2490	8	"
Idem.	320 Chevrons de brin, qui font 640 En chevrons de longueur 550	1190t à 55	654	10	"
Marine R.	20 12 10 10 c. 8 160 pieds	à 14s "	112	"	"
Petit bois de cent. . .	140 morceaux	à 18 "	126	"	"
Différents morceaux de bois à brûler et autres, épars dans l'hangar, estimés en bloc.			310	"	"
12 milliers de ganivelles, à vingt et un cent le millier, estimé.			600	"	"

Deuxième Passée de l'hangar.

504 toises de solives et poteaux en rebut, estimés à 90 liv. le o/o. . . .	453	12	"
900 toises de solives et poteaux en rebut, estimés à 90 liv. le o/o . . .	990	"	"
900 toises de chevrons en longueur, évalués à 55 liv. le o/o	495	"	"
493 toises de planches de 2 pouces, à 110 liv. le o/o.	542	6	"
789 toises de planches d'un pouce 1/2, à 75 liv. le o/o	591	"	"
200 toises de planches d'un pouce, à 50 liv. le o/o.	100	"	"

Troisième Passée.

1550 toises de brin, solives et poteaux, en rebut, à 90 liv. le o/o. . .	1395	"	"
700 toises de chevrons de longueur, à 55 liv. le o/o.	385	"	"
600 toises de chevrons de sciage et membrures, à 60 liv. le o/o. . .	360	"	"
A reporter.	56401	2	1

D'autre part. 75542 19 6

BOIS DE *I. C.*, QUI SONT DANS L'HANGAR.

Première Passée.

5660^t. . . . . le livre F. contient une très-petite quantité de vente de Chevrons; on n'en voit aucun de sciage. Nous les portons à 2^s le pied courant, ce qui fait 12^s la toise ; les 100 toises à 12^s, font 60^l.	5660 à 12 〃	3360	〃 〃
1955^t de Chevrons de brins, à 2^s 6^d le pied courant, fait 15^s la toise ; les 100 toises, à 15^s, font 75^l. . . .	1955 à 15	1466	5 〃

Voir le livre CF., f.º 16, 6 juillet 1785 : vente à Crucy, pour la salle de Spectacle.

Marine R. . . à 20^s le pied cube.	160 à 20 〃	160	〃 〃
Petit bois de cent, à 30^s la pièce, 140 morceaux	à 30 〃	210	〃 〃
Différents morceaux de bois dans l'hangar, le tiers en sus .		413	6 〃
12 milliers de Ganivelles.		600	〃 〃

Deuxième passée de l'Hangar.

504 toises de poteaux et solives, au prix du n.º 74, qui est de 165^l le %.	831	12 〃
900 toises de solives et poteaux en rebut, au même prix.	1485	〃 〃
900 toises de chevrons de longueur, à 75^l le %	675	〃 〃
493 toises de planches de 2 pouces, à 150^l le %	739	10 〃
789 toises de planches, livre CF., f.º 18, 8 juillet 1785, à Kvion, à 4^s le pied, fait, 1^l la toise, et 120^l le %.	951	12 〃
200 toises de planches d'un pouce, à 100 liv. le o/o	200	〃

Troisième Passée.

1550 toises de brins, solives et poteaux, à 165 liv. le o/o	2257	10 〃
700 toises. de chevrons de longueur, à 75 liv. le %	525	〃 〃
600 toises de chevrons de sciage et membrures, à 75 liv.	450	〃 〃
TOTAL des bois particuliers, à M. CRUCY père . . .	89867	14 6

	D'autre part.	56401	2	1

BOIS PROVENANT DE LA FORÊT DE CHATEAU-GONTHIER.

33	pièces de marine, à 20 pieds cubes chaque, font 660 pieds, à 25 sous.	825	"	"
30	pièces de marine, à 16 pieds chaque, font 480 pieds cubes, à 25 s.	600	"	"
140	bois de cent, à 15 sous la pièce	105	"	"
126	pièces petite marine, à 3 pieds chaque, font 378 pieds, à 14 sous.	264	12	"
33	pièces de marine, évaluées à 10 pieds chaque, font 330 pieds, à 17 sous	280	17	"
12	pièces de marine, évaluées à 20 pieds chaque, font 240 pieds, à 26 sous.	312	"	"
90	pièces petite marine, évaluées à 9 pieds, font 810 pieds, à 17 sous.	688	10	"
38	pièces de marine, évaluées à 16 pieds chaque, font 608 pieds, à 25 sous	760	"	"
100	pièces de marine, évaluées à 10 pieds chaque, font 1000 pieds, à 18 sous.	900	"	"
132	pièces de marine, évaluées à 14 pieds chaque, font 1878 pieds, à 21 sous	1971	"	"
40	bois de cent, à 20 sous la pièce.	40	"	"
120	bois de cent, à 14 sous la pièce.	84	"	"
104	allonges, évaluées à 200 pieds, à 12 sous le pied.	120	"	"

	A reporter.	63352	1	1

BOIS PROVENANT DE LA FORÊT DE CHATEAU-GONTHIER.

33	pièces de marine cubant ensemble 660 pieds. Voir la facture du chargement, du 24 octobre 1782, de la gabarre *la Colombe*, capitaine Mauclerc, au n.° 10, cubant 20 pieds, ainsi qu'il est spécifié à l'article ci-contre : les 660 pieds cubes, à 34^{s}. Voir livre CF., 28 juillet 1785	1122	″	″
30	pièces de marine, à 16 pieds, cubant 480 pieds. Facture du 24 octobre 1782, n.° 21, 16 pieds cubes, valeur identique ; même livre et même date, à 34^{s}	816	″	″
140	bois de cent, à 32^{s}. Livre E., f.° 378, 3 bois de cent, à 32^{s}. .	224	″	″
126	pièces de marine de 3 pieds cubes, 378 pieds. Voir le livre E., f.° 19, date du 25 septembre 1784, cube 3 pieds, à 32^{s} le pied cube	604	16	″
33	pièces marine........... 330. Le n.° 7 de la facture du 24 octobre 1782 donne 10 pieds cubes. Livre CF., 28 juillet 1785, même facture, à 34^{s} le pied cube	561	″	″
12	pièces Marine, 20 pieds cubes, 280 pieds cubes. Facture du chargement du 24 octobre 1782, N.° 10, 20 pieds cubes, à 34^{s} le pied cube.	408	″	″
90	pièces petite marine, à 9 pieds cubes. Facture du 24 octobre 1782, n.° 88, 9 pieds cubes, livre CF., 28 juillet 1785 : les 810 pieds, à 34^{s} le pied, donnent	1377	″	″
38	pièces de marine, à 16 pieds cubes, 608 pieds. Même facture du 24 octobre 1782, n.° 21, 16, pieds cubes, à 34^{s} le pied cube. Livre CF., même date.	1031	12	″
100	pièces marine de 10 pieds cubes. Facture du 24 octobre 1782, n.° 126, 10 pieds cubes : les 1000 pieds, à 34 ^{s}, livre CF., même date, donnent.	1700	″	″
132	pièces marine, 14 pieds cubes, 1878 pieds. Facture du 24 octobre 1782, n.° 28, 14 pieds cubes : 1878 pieds, à 34^{s} le pied, livre CF., même date, donnent.	3092	12	″
40	bois de cent, livre E., f.° 378, bois de cent, à 32^{s} la pièce. . .	64	″	″
120	bois de cent, livre E., f.os 20 et 378, bois de cent à, 32^{s} la pièce .	192	″	″
104	allonges évaluées à 200 pieds. Livre F., f.° 378, au bas dudit f.° 16, allonges, à 175 liv. le o/o	350	″	″
	A reporter.	11543	″	″

		liv.	sous.	den.
	D'autre part.	63352	1	1
100	morceaux de charpente, évalués à 200 toises, à 90 liv. le o/o . .	180	"	"
350	toises de mauvais chevrons de rebut, en bloc.	110	"	"
106	pièces de marine bonnes et mauvaises, et bois droits, évalués à 12 pieds cubes, l'une dans l'autre, font 1272 pieds, à 18 sous .	1144	16	"
112	pièces marine et bois droit, inférieur, à 6 pieds chaque, font 672 pieds, à 12 sous.	403	4	"
24	pièces bois droit, en rebut, à 15 pieds chaque, font 360 pieds, à 15 sous.	270	"	"
76	petite marine inférieure évaluée à 6 pieds, font 456 pieds, à 12 s. .	273	12	"
59	pièces de bois droit, en rebut, estimées en bloc	160	"	"
176	charpente de différentes espèces, qui produisent 264 toises, à 80 liv. le o/o.	211	"	"
148	bois de cent, à 25 sous la pièce.	185	"	"
66	petite marine, évaluée à 5 pieds chaque, font 330 pieds, à 16 sous.	231	14	"
50	pièces bois droit, évaluées, l'une dans l'autre, à 6 pieds, font 300 pieds, à 16 sous.	240	"	"
100	pièces de différentes charp. évaluées à 200 toises, à 90 liv. le o/o.	180	"	"
127	charpentes de différentes espèces, à 30 sous pièce	190	10	"
70	pièces de marine évaluées à 8 pieds chaque, font 360 pieds, à 18 s.	504	"	"
	A reporter.	67635	17	1

		liv.	sous.	den.
	D'autre part.	11543	"	"
100	morceaux de charpente évalués à 200 toises ou 1200 pieds courants, livre CF., f.° 24, 20 juillet 1785, Duchesne, aubergiste, pour charpente, à 6^s le pied courant.	360	"	"
350	toises de mauvais chevrons de rebut, en bloc, à 75 liv. le o/o .	262	10	"
106	pièces de marine, bonnes et mauvaises, et bois droit, à 12 pieds cubes chaque, 1272 pieds. Les bois de 12 pieds cubes sont compris, n.° 57, de la facture du 24 octobre 1782, pour une somme de 34^s; mais nous les réduisons, attendu le défaut de documents, à 30^s	1908	"	"
112	pièces de marine et bois droit, à 6 pieds chaque, 672 pieds. Livre E., f.° 35, 18 août 1783, une pièce cubant 6 pieds, à 29^s le pied cube, les 672 ensemble.	974	8	"
24	pièces bois droit, en rebut, 360 pieds. Dans les livres E. et CF., on n'en voit aucune de cette espèce : nous les portons, faute de documents, à 20^s le pied	360	"	"
76	petite marine inférieure, à 6 pieds chaque, 456 pieds, Faute de documents, et attendu que les livres n'en font aucune mention, nous portons cet article à 20^s le pied	456	"	"
59	pièces de bois droit, en rebut. Même observation que la précédente : nous les portons en bloc à.	240	"	"
176	charpente de différente espèce, 264 toises, formant 1584 pieds courants, à 6^s. Nous les portons comme au livre CF., f. 24, à la date du 20 juillet 1785, à 6^s le pied courant.	475	8	"
148	bois de cent, livre E., f.° 378, bois de cent, à 32^s	236	12	"
66	petite marine, à 5 pieds chaque, 330 pieds, livre E., f.° 9, Bourmaud, 11 juin 1784, marine cubant 5 pieds, à 30^s. .	495	"	"
50	pièces bois droit évaluées l'une dans l'autre à 6 pieds chaque, ensemble 300 pieds, livre E., f.° 35, une pièce cubant 6 pieds, à 29^s chaque	870	"	"
100	pièces de différentes charpentes évaluées à 200 toises ou 1200 pieds courants. Nous les portons comme au livre CF., f.° 24, à la date du 20 juillet 1785, à 6^s le pied courant	360	"	"
127	charpente de différente espèce, à 2 liv.	254	"	"
70	pièces de marine évaluées à 8 pieds chaque, 560 pieds, livre E., f.° 257, 4 janvier 1785. Laplace, une pièce cubant 8 pieds, à 32^s.	896	"	"
	A reporter.	19690	18	"

	liv.	sous.	den.
D'autre part	67635	17	1
54 Charpente et soliveaux évalués à 4 pieds chaque, font 216 pieds, à 14 sous le pied.	151	4	"
94 Morceaux de bois de rebut, évalués à 3 pieds chaque, font 282 pieds, à 14 sous le pied.	197	8	"
134 pièces de marine en rebut, évaluées à 5 pieds chaque, font 670 pieds, à 14 sous le pied.	469	"	"
260 pièces de mauvaise marine, en rebut, à 4 pieds chaque, font 1040 pieds, à 12 sous.	624	"	"
1120 bois de cent, à 12 sous la pièce.	672	"	"
Charpente, mauvais madriers, chevrons, estimés en bloc. . . .	150	"	"

SUR LA GRÈVE.

28 pièces de marine, à 12 pieds chaque, font 336 pieds, à 19 sous.	319	4	"
14 pièces de marine, à 20 pieds chaque, font 280 pieds, à 25 sous.	350	"	"
19 pièces de marine, rebut, à 17 pieds chaque, font 323 pieds, à 18 s.	290	14	"
A reporter	70859	7	1

		liv.	sous.	den.
	D'autre part	19690	18	〃
54	charpentes évaluées 4 pieds, 216 pieds, livre CF., f.° 24. Elles ont été vendues. Il est probable qu'il y a erreur sur cet article, car il n'existe pas de charpente d'aussi petite longueur. Nous laissons cet article.	151	4	〃
94	morceaux de bois de 3 pieds (même que ci-dessus).	197	8	〃
134	pièces de marine de rebut, à 5 pieds chaque, 270 pieds. Ces bois avaient deux ou trois ans au plus d'abattis, et ne pouvaient être placés en rebut. Nous n'avons vu, soit dans le livre D., soit dans ceux E. et F., aucune vente spécifiée de rebut, en conséquence, nous portons, comme au f.° 78, livre E., date du 21 août 1784, bois semblables à ceux ci-dessus, et de 5 pieds cubes, à 30ˢ : les 670 pieds produisent	1005	〃	〃
260	pièces de mauvaise marine de rebut, à 4 pieds chaque, 1040 pieds. Nous observons qu'il n'y a jamais eu de marine de 4 pieds de longueur. Les sieurs Crucy se sont encore joués de la bonne foi des sieurs Peccot, et ont cru qu'un semblable article passerait inaperçu : nous portons le pied à 20ˢ	1040	〃	〃
1120	bois de cent, à 12ˢ la pièce. Nous les avons portés d'après le livre E., f.° 378, à 32ˢ la pièce, livre E., f.ᵒˢ 20, 21 septembre 1784, 200 bois de cent, à 32ˢ la pièce.	1792	〃	〃
	Charpente, mauvais madriers et chevrons estimés en bloc, 150 l. Il est difficile d'apprécier à sa juste valeur une pareille estimation : nous la rechargeons de 100 liv	250	〃	〃

BOIS SUR LA GRÈVE.

		liv.	sous.	den.
28	pièces de marine, à 12 pieds chaque, 336 pieds cubes. Facture de la gabarre *la Colombe*, capitaine Mauclerc, en date du 24 octobre 1782, pièce communiquée, n.° 59, 12 pieds cubes, à 34ˢ, comme au livre CF., 28 juillet 1785	571	4	〃
14	pièces de marine, à 20 pieds chaque, 280 pieds. Suivant la même facture et le livre CF., 25 juillet 1785, les 280 pieds, à 34ˢ, donnent.	476	〃	〃
19	pièces de marine rebut, cubant 323 pieds. Nous les portons, à 30ˢ, prix ordinaires des ventes des livres E., CF. : voir le livre E., f.° 1.ᵉʳ	484	10	〃
	A reporter.	25658	4	〃

		liv.	sous.	den.
	D'autre part.	70859	7	1
53	pièces de marine rebut, à 14 pieds chaque, font 742 pieds, à 18 s.	667	16	"
9	pièces de marine rebut, à 60 pieds cubes chaque, font 540 pieds, à 35 sous.	945	"	"

BOIS DE CHATEAU-GONTHIER QUI SONT DANS L'EAU,

ESTIMÉS A VUE DE FACTURE.

3000	pieds en petit bois de différentes espèces, à 15 sous le pied cube .	2250	"	"
7667	pieds de bois moyen, tant en bon qu'en rebut, à 18 sous. . . .	6900	6	"
3833	pieds de bois de marine, en 1.re, 2.me et 3.me espèce, à 25 sous le pied.	4791	5	"

BOIS QUI SONT SUR LE MARAIS.

48	morceaux de rebut réduits en solives, net, faisant 72 toises, à 110 liv. le o/o	79	4	"
27	morceaux épars devant la Retraite, estimés en bloc.	33	"	"
45	bois tors, rebut, cubant ensemble 90 pieds, à 14 sous.	63	"	"
150	petites charpentes de 9 pieds, en rebut, font 220 toises, à 60 liv. le cent.	132	"	"
44	morceaux de charpente, rebut, estimés en bloc.	33	.	"
9	bordages, à 36 sous pièce.	16	4	"
24	petit bois tors, à 26 sous pièce	31	4	"
156	morceaux de vieille charpente et petit bois tors, rebut, à 16 sous pièce.	124	16	"
	A reporter.	86926	2	1

	liv.	sous.	den.
D'autre part.	25658	4	"
53 pièces de marine rebut, 742 pieds. Nous les portons à 30s, prix ordinaire des ventes des livres E. et CF.: voir le livre E., f.° 1.er.	1113	"	"
9 pièces de marine cubant 540 pieds, à 34s le pied, donnent. . .	918	"	"

BOIS DE CHATEAU-GONTHIER QUI SONT DANS L'EAU,

ESTIMÉS A VUE DE FACTURES.

	liv.	sous.	den.
3000 pieds en petit bois de différente espèce. Ces bois portés en bloc et sans qu'on présente les factures qui ont déterminé, n'ont pu être estimés 15s, tandis que Bernachez les vendait 25. Nous les portons à 30s, prix ordinaire des ventes des livres E. et CF. Voir le livre E., f.° 1.er	4500	"	"
7667 pieds de bois moyens, tant en bon bois qu'en rebut. Ces bois étaient dans l'eau, estimés à vue de factures. Deux faits se présentent: le 1.er relatif aux factures que l'on eût dû communiquer, et qui ne l'ont pas été; le 2.me, relatif à la qualité de ces bois, ne pouvait être apprécié qu'à leur recette, jusqu'à représentation des factures. Nous les portons au même prix que les précédents, c'est-à-dire, à 34s le pied cube	13033	18	"
3833 pieds de bois de marine en 1.re, 2.me et 3.me espèce, estimés à 34s le pied cube, comme les bois ci-dessus	6196	"	"
TOTAL des bois de Château-Gonthier	51419	2	"

BOIS QUI SONT SUR LE MARAIS.

	liv.	sous.	den.
48 morceaux de rebut réduits en solives, 72 toises, à 150 liv. le o/o .	97	"	"
27 morceaux épars devant la Retraite, en bloc.	49	10	"
45 bois tors, rebut, à 20s	45	"	"
150 petites charpentes de 9 pieds, en rebut, 220 toises, à 150 liv. le o/o.	332	"	"
44 morceaux de charpente rebut.	49	"	"
9 bordage à 3 liv.	27	"	"
24 petits bois tors, à 30s	36	"	"
156 morceaux de vieille charpente et petit bois tors, rebut, à 30s. .	460	"	"
A reporter.	1095	10	"

		liv.	sous.	den.
	D'autre part	86926	2	1
92	charpente en rebut, estimés à 15 sous pièce.	69	″	″
26	mauvais bois de charpente à bordage, à 10 sous pièce	13	″	″
54	petit bois de 6 pieds, en rebut, à 9 sous pièce.	24	6	″
131	petit bois de 6 pieds, en rebut, à 10 sous pièce.	65	10	″
	Un mulon devant la maison, sans pouvoir le compter, estimé. .	180	″	″
150	morceaux de bois tors, rebut, à 15 sous pièce.	112	10	″
71	morceaux de bois, rebut, à 12 sous pièce.	42	12	″
	Une grosse poutre de pressoir, estimée.	120	″	″
	EN DESSOUS DE LA CHAMBRE DES COMPTES.			
8	pièces de rebut, estimées.	8	″	″
	DEVANT LA MAISON DES COMMIS.			
36	pièces de rebut, estimées	36	″	″
	Trois paires de bœufs, estimées.	1400	″	″
	Trois charrettes, estimées	150	″	″
	Les harnois, la voiture et un mauvais tombereau.	70	″	″
	TOTAL GÉNÉRAL.	89216	10	1

NANTES, *le vingt-sept juillet mil sept cent quatre-vingt-cinq.*

Signé N. F. LESIMPLE.

Fait et arrêté double, les mêmes jour et an que ci-dessus.

Signé, N. F. LESIMPLE, CRUCY, J. HENRY.

Approuvé l'écriture et la date ci-dessus.

Signé, MICHELLE BRODU Femme de CRUCY.

Approuvé l'écriture et la date.

Signés, CRUCY M., L. CRUCY, A. CRUCY.

		liv.	sous.	den.
	D'autre part.	1095	10	"
92	charpente en rebut, à 20s.	92	"	"
26	mauvais bois de charpente et bordages, à 20s.	26	"	"
54	petits bois de 6 pieds, en rebut, à 20s.	54	"	"
131	petits bois de 6 pieds, en rebut, à 20s.	131	"	"
	Un mulon devant la maison, sans pouvoir le compter, en bloc . .	270	"	"
150	morceaux de bois tors, en rebut, à 20s.	150	"	"
71	morceaux de rebut, à 20s.	71	"	"
	Une grosse poutre de pressoir	140	"	"
	EN DESSOUS DE LA CHAMBRE DES COMPTES.			
8	pièces de rebut, à 30s.	12	"	"
	DEVANT LA MAISON DES COMMIS.			
30	pièces de rebut, à 40s.	60	"	"
	Trois paires de bœufs	1400	"	"
	Trois charrettes, à 150 liv. chaque	450	"	"
	Quatre chevaux, à 100 liv.	400	"	"
	Les harnois, la voiture et un mauvais tombereau	200	"	"
	TOTAL	4551	10	"
	Déduisant la valeur des bestiaux, charrettes et harnois.	2450	"	"
	TOTAL des bois qui sont sur le Marais.	2101	10	"

OBJETS OMIS DANS L'INVENTAIRE DU 27 JUILLET 1785.

	liv.	sous.	den.
Bois de corde existant sur le terrain de la chambre des Comptes, passés sous silence dans le mémoire du 27 juillet, et conformément à notre requête de 1785, f.os 64 et 65	1500	"	"
Bois déposés au pont de Pirmil, destinés à en relever les travées, conformément à la requête de 1788, (f.os 12 et 63.	3500	"	"
Clôtures, bois de chantiers, hangars et appentis, pour soutenir les bois, les outils, tels que cordages, chèvres, poulies de cuivre, moutons ou équipages pour battre les pieux, barres de pinces, boulons et chevilles d'assemblage, un treuil avec ses chaînes pour lier les			
A reporter.	5000	"	"

	liv.	sous.	den.
D'autre part.	5000	"	"
bacquins dans les temps de glaces, une grue pour le chargement des bois à bord des gabarres	7000	"	"
Foin et fourrages, comme dans la requête de 1788, f.° 67	800	"	"
Intérêts du sieur Crucy père, dans la gabarre la *Marguerite-Adelaïde*.	10000	"	"
TOTAL.	22800	"	"

RÉCAPITULATION :

Folio 10. ARTICLE PREMIER,	Bois particuliers à M. CRUCY père. . .	89867	14	6
Folio 14. ARTICLE SECOND,	Bois de la forêt de Château-Gonthier .	51419	2	"
Folio 15. ARTICLE TROISIÈME,	Bois qui sont sur le Marais	2101	10	"
Folio 15. ARTICLE QUATRIÈME,	Objets omis dans l'inventaire du 27 juillet 1785	22800	"	"
	TOTAL GÉNÉRAL	166188	6	6

Tous ces articles de recharge sont parfaitement justifiés, et il résulte de cette première partie de notre compte que MM. CRUCY faisaient estimer à.	89216	10	1
Ce qui réellement présentait une valeur de	166188	6	6
RECHARGE	76971	16	5

FORÊT DE VALLES.

Paragraphes 7 et 9 du Compte rendu par les sieurs Crucy, le mai 1830.

Le 18 juin 1781, M. Crucy père avait acquis de M. et M.me d'Autichamp la forêt de Valles, située près de Château-Gonthier. Au mois d'octobre de la même année, l'exploitation de cette forêt commença.

Le 16 juin 1785, les sieurs Crucy frères devinrent cessionnaires des bois existant encore dans la forêt de Valles, et qui ne furent estimés que le 30 août suivant.

L'arrêt de la Cour Royale de Rennes, du 22 août 1829, ayant autorisé les oyants à recharger, tant le prix des valeurs comprises dans la cession, que les comptes à fournir par les sieurs Crucy, les héritiers Peccot vont établir les recharges sur cette partie du compte, en donnant aux bois existant le 30 août 1785, à la forêt de Valles, leur véritable valeur.

Le prix de ces bois porté dans la cession, et articulé par les sieurs Crucy dans leur compte signifié le 30 mai 1830, est de . . . . 61,432 l 12 s " d

RECHARGES.

M. Montaudouin était intéressé pour un quart dans l'acquisition et l'exploitation de la forêt de Valles.

Le 27 octobre 1826, les sieurs Crucy, dans l'instance pendante entre eux et les héritiers Montaudouin, fournirent devant les arbitres, juges de cet instance, le compte de la valeur réelle des bois de la forêt de Valles, à partir du 6 septembre 1785, jusqu'à fin d'exploitation.

Nous fournissons la copie du compte produit par les sieurs Crucy à cette date : nous les avons sommés d'en produire l'original, et nous posons en maintien que la copie servie par nous est conforme à la pièce demandée.

Suivant ce compte, les bois de la forêt de Valles ont produit dans cette partie de l'exploitation, ci	332,821 l 4 s 1 d	
Les frais d'exploitation se sont élevés à ci. .	243,596 5 2	
Valeur réelle		89,224 l 18 s 11 d

MM. Crucy, toujours habiles à faire des comptes, ont omis dans l'énoncé des sommes reçues par eux, pour produit des bois de la forêt de Valles, qu'ils ont livrés à l'État, à partir du 5 septembre 1785, diverses sommes.

Nous allons établir ce qu'ils ont effectivement reçu, conformément à l'état que nous en a délivré le Ministre de la

A reporter 89,224 18 11

D'autre part . . . . 89,224 l. 18 s. 11 d

marine, le 17 avril 1822, et en outre conformément aux comptes du sieur Mouton, de Paris, banquier des sieurs Crucy.

1.° Du 28 septembre 1785 au 26 juillet 1787 :

Suivant le compte fourni par les sieurs Crucy aux héritiers Montaudouin, le 27 octobre 1826, ils déclarent avoir touché du Roi, du 6 septembre 1785 à fin d'exploitation. . 99,225 l. 19 s. 9 d.

D'après l'extrait des archives de la marine, les sommes reçues par les sieurs Crucy, depuis le 30 août 1782 jusqu'à la fin de novembre 1786, s'élèvent à ci . . . . 102,333 13 „

Mais les sieurs Crucy ne font aucun état, dans le compte fourni aux héritiers Montaudouin, des certificats délivrés à Brest, les 31 août, 30 septembre et 30 novembre 1786, formant un total de 25,961 12 6

Cette somme, réunie à celle ci-dessus, forme bien celle de. 229,521 5 3

accusée par le certificat délivré par le Ministre de la Marine, et servie par nous. Il reste donc bien constant que les déclarations portées au compte du 27 octobre 1826, sont fausses, et qu'elles doivent être rechargées.

2.° Du 26 juillet 1787, à fin d'exploitation :

Suivant le certificat délivré par les archives de la marine, les sommes reçues par les sieurs Crucy, pour l'année 1787, à la date des 30 avril, 31 mai et 26 juillet, s'élèvent à la somme de 22,115 l. 19 s. 9 d.

Le certificat délivré par le Ministre de la marine ne compte pour l'année 1788 qu'une ordonnance de fonds de ci. 1,308 l. 8 s. „ d.

Ajoutons à cette somme deux certificats qu'ils ont dû recevoir, ainsi que le constate le journal CF commencé en 1786, aux f.os 121 et 172, s'élevant ensemble à . . . . 24,167 „ „

Ajoutons encore le montant des sommes reçues par eux en 1789, s'élevant ensemble, suivant le Journal précité, aux f.os 242 et 247, à ci. 39,667 17 6

Total de cette seconde partie 65,143 5 6

A reporter 89,224 18 11

D'autre part 89,224l 18s 11d

RÉCAPITULATION :

1.° MM. Crucy ont touché, du 6 septembre 1785 au 26 juillet 1787, de l'État, pour prix des bois de la forêt de Valles, ci 150,410l 14s 3d

2.° Ils ont touché, du 26 juillet 1787 à fin d'exploitation, pour ces mêmes bois, ci. . . 65,143 5 6

Total de l'attouchement fait par eux, de l'État, pour les bois existant à la forêt de Valles, au jour de la cession, ci 215,553 19 9

Or, comme nous l'avons vu ci-dessus, ils n'ont accusé, dans le compte Montaudouin, que la somme de 99,225 19 9

Il reste en recharge toute la différence, ci . . . . 116,328 " "

AUTRES RECHARGES.

MM. Crucy n'ont point énoncé, dans le compte fourni par eux aux héritiers Montaudouin, diverses autres sommes qu'ils ont touchées pour produits des mêmes bois. Le livre A, contremarqué CF, commencé en 1786, au f.° 267, porte l'énoncé ci-après, à la date du 14 octobre 1789 :

« Doivent Courroucé et femme, pour bois de la forêt de » Valles, pour autant des produits des bois à feu provenant » de ladite forêt, 9,201 l 15s ». Il convient de porter cette somme en recharge, ci . . . . 9,201 15 "

Bois rebutés par la marine royale, à Brest et à Lorient, et vendus par les correspondants. (Cette somme est justifiée par l'état Montaudouin de 1791) ci. . . . . 4,886 " 6

Au livre A, contremarqué CF, au f.° 42, et à la date du 22 août 1786, on remarque ce qui suit :

« Lettres et billets à recevoir, doivent à Branda, à Brest, pour la remise qu'il nous a faite par sa lettre du 18 courant, en vingt-cinq effets sur Paris, ci. . . . . 33,720 " »

Cet article est encore corroboré par la lettre de Mouton, du 17 juillet 1797.

A reporter 253,360 14 5

D'autre part	253,360l	14s	5d
Enfin, MM. Crucy ne portent, ni dans le compte fourni par eux aux héritiers Montaudouin, ni dans celui qu'ils nous ont rendu, le produit de la busserie ou merrains fabriqués sur les lieux mêmes, constaté par le journal A, contremarqué CF, commencé en 1786.			
Suivant le relevé fait par nous sur ce journal, et que nous communiquons à l'appui du présent, la vente de ces objets a produit, du 6 septembre 1785 à fin d'exploitation, ci. .	20,528	12	11
Total de la vraie valeur des bois existant à la forêt de Valles, au 6 septembre 1786	273,889	7	4
Déduisant le quart de M. Montaudouin	68,472	6	10
Reste	205,417	"	6
Valeur donnée à ces mêmes bois par MM. Crucy	61,432	12	"
Recharge	143,984	8	6

Nous démontrons, dans ce compte, toute la fausseté de ceux présentés par nos adversaires. Les droits de leurs associés, de leurs co-héritiers, rien n'est sacré pour eux; ils trompent tous ceux qui ont le malheur d'être leurs co-intéressés. Nous insistons principalement sur les conclusions par nous prises, et tendantes à ce que le livre A, contremarqué CF, soit *déficelé*. Il nous a été donné en communication, quoique d'une date postérieure au 5 septembre 1785; la vérification demandée par nous des faits allégués dans nos maintiens exige que tous les articles qu'il contient, et que nous citons, soient examinés par le tribunal; il est juste, enfin, que la fraude, couverte par plus de quarante années d'existence, soit mise au grand jour.

CHAPITRE DEUXIÈME.

2.e ARTICLE DE LA CHARGE.

Extrait de l'Acte de Cession.

État général des crédits dépendants du commerce de moi dit Crucy père.

CRÉDITS RECONNUS BONS.

Effets en porte-feuille, à la date du 15 juin dernier, que j'ai consenti que mes enfants dressent leur inventoire sur les livres.

Le montant des lettres et billets à recevoir était de	42,291l 2s 10d	
Sur cette somme, le sieur Crucy père reconnaît avoir reçu la somme de	13,683 » 8	
Restait, ci		28,608l 2s 2d
Mais les sommes prétendues reçues par le sieur Crucy père, ayant été en même temps reçues par M.me Crucy, qui les remettait à ses enfants, nous les reporterons en recharge.		
1.° Le 22 juillet 1785, M.me Crucy reçoit de M. Fourcade, par les mains de M.e Bruneau, huissier, à compte		150 " "
2.° Le 6 juillet, elle reçoit de MM. Come et Compagnie . .		1,917 10 "
3.° Le 28 juin, de M. Moreau, par les mains de M.lle Guérinière.		40 " «
4.° Maurice n'est pas porté sur le livret de M.me Crucy.		
5.° Que j'ai remis à M. Bernachez d'Angerolle, en paiement des bois qu'il m'a vendus, et qui sont compris dans le présent inventaire, en trois effets ou billets.		11,416 10 8

Nous avons porté en recharge cette somme, d'après les motifs suivants :

1.° Parce que ces bois n'ont pu être compris dans l'inventaire du 27 juillet, attendu qu'il n'est composé que de bois en partie en rebut et en partie provenants de Goulaine ; .

2.° Parce que les sieurs Crucy se sont obstinément refusés jusqu'à ce jour à communiquer le réglement de compte fait au 2 août 1785, entre le sieur Bernachez et le sieur Crucy père ;

3.° Parce que les sieurs Peccot ont acquis la conviction que

A reporter	42,132 2 10

D'autre part	42,132 l	2 s	10 d
ce débet s'évanouirait à la vue des pièces à l'appui, ainsi que s'est évanoui, d'après le relevé des comptes de Mouton, l'achat des bois de haute futaie de la forêt de Valles, porté par les sieurs Crucy à 230,000 liv., tandis qu'ils n'ont réellement coûté que 194,000 liv.			
Les sieurs Crucy, suivant le texte ci-dessus, ont dressé, d'après le consentement de leur père, *leur inventaire sur les livres*.			
Les sieurs Crucy, d'après ce fait, avaient liberté pleine et entière, ils pouvaient être justes. Ils ne l'ont pas été. Nous en administrons la preuve extraite du livre des lettres et billets à recevoir; savoir :			
F.° 89, 22 juin. Douillard, contre-maitre, un billet de . .	1,320	"	"
Le billet est compris dans l'actif de la cession dans l'état n.° 3, produit par les sieurs Crucy.			
Cependant l'inventaire avait été clos par Raffaneau, au 15 juin, et signé par le sieur Crucy père, à la même date. (Voir le mémoire Raffaneau, f.° 8, paragraphe 2.)			
F.° 90, 13 juillet. Bonnet, un billet de	166	"	"
F.° 90, 13 juillet. Bonnet consent deux billets, montant ensemble à	1,542	11	6
Il est également compris indûment dans l'état n.° 3 des débiteurs en comptes courants, puisque l'inventaire, tant de l'actif que du passif de la cession avait été, ainsi qu'il a été dit plus haut, arrêté et signé au 15 juin 1785.			
Un bon de Favreuil, commis à Gêvres, du 12 juin 1785. .	52	"	"
F.° 91. Deux billets de Lefiévre et Bru, pour busseries, à date du 1.er juillet	1,560	"	"
F.° 92, 29 août. Berthais et Luco, un billet de	479	"	"
F.° 92, 29 août. Berthais et Luco, un billet de	490	16	"
F.° 93, 14 septembre, Perrodeau, passé ordre de Crucy . .	300	"	"
F.° 90, 28 juillet, Traite de Bourgeois, ordre Renou, passée ordre Crucy	1,710	"	"
F.° 95, 4 octobre. Nogues, un billet de.	694	"	"
F.° 95, 18 octobre. Louis Clouet, de Saint-Clément, son billet payable au 8 mars 1786	430	"	"
Montant des lettres et billets à recevoir, y compris les 11,416 liv. 10 s. 8 d. sensés comptés à Bernachez	50,676	10	4

Ces billets, au nombre de onze, fournissent une somme de dix mille trois cent quatorze francs sept sous six deniers en plus que celle portée à l'état général des crédits.

On voit malheureusement, pour l'honneur des sieurs Crucy, que partout où ils ont pu exercer des soustractions, partout ils les ont commises avec confiance et dans la certitude qu'elles resteraient encore ensevelies dans le même oubli dans lequel elles gisaient depuis plus de quarante années.

Les sieurs Crucy n'ont pas voulu se rappeler que les sieurs Peccot, ayant une fois acquis la certitude qu'une partie des produits de la cession était erronée, devaient nécessairement être prémunis contre toutes les autres parties qui la composaient. Qu'en conséquence, ils emploieraient dans chacune d'elles les mêmes soins qu'ils avaient mis dans les inventaires de la prairie de la Magdelaine et de la forêt de Valles, pour prouver que les sieurs Crucy ont été aussi injustes dans les produits qu'ils ont établis dans cet état, que dans les prix qu'ils ont donnés aux bois de la prairie de la Magdelaine; pour prouver en même temps que le système des soustractions a toujours été suivi par ceux-ci, soit dans l'inventaire de la forêt de Valles, soit dans l'état des lettres et billets à recevoir, soit enfin dans chacun des états dont l'examen succédera à celui-ci, pour prouver enfin que l'état des lettres des billets à recevoir fut dressé seulement par les sieurs Crucy et en l'absence de leur père alors très-malade et qui mourut le 15 septembre 1785, neuf jours après la signature de l'acte de cession, et en dernier lieu que cet acte est aussi frauduleux que ceux de la prairie de la Magdelaine et de la forêt de Valles.

Compte de l'Actif de la Cession du sieur Crucy père.

En vertu de l'arrêt de la Cour Royale de Rennes, du 22 août 1829, et nonobstant l'absence des livres de caisse, du journal de correspondance depuis 1784, de l'acte de vente par M. D'Autichamp de la forêt de Valles, constatant que les bois de haute futaie ne furent vendus le 18 juin 1781 aux sieurs Crucy que 194,000 liv.

En l'absence encore des autres livres et notes accessoires désignés dans le mémoire de Raffaneau, du 12 *septembre* 1785, *dressé pour obtenir de MM. les Juges Consuls de Nantes le paiement de ses honoraires*, nous avons établi le compte suivant des dettes actives et passives dues à la maison Crucy père, à l'époque du 6 septembre 1785. Nous avons pris pour base les cotes de Raffaneau, arrêtées par celui-ci; la cote A, le 6 mars 1785; la cote B, le 16 dudit mois; la cote C, le 24 du même mois; enfin, la cote D, le 29 mars 1785.

Pour faciliter au Tribunal l'intelligence des recharges qui vont être établies sur cette partie du compte, nous donnons ici copie des passages du mémoire de Raffaneau, qui a été notre guide :

F.° 4. *Mémoire de M. Raffaneau.* « Il a été également indispensable d'avoir » recours au compte du sieur Courroucé, commissionnaire pour les bois à feu de cette » forêt, et acquéreur des tailles d'icelle; à des comptes courants sur feuilles volantes » avec différents marchands d'Angers et autres lieux, comme V.e Moreau, Briguenen » V.e Guittard, Pauvert, Maunis, Caterneau, etc. »

F.° 5 *idem.* Lorsque j'eus ramassé tous mes matériaux, après la vérification et » corrections exactes des différentes pièces justificatives ci-avant mentionnées, et que » j'avais fait dresser par les sieurs Bouchardon et Leluyer, j'ai jugé convenable » d'ouvrir sur-le-champ, au folio 6, sur mon nouveau grand-livre, un compte à » la forêt de Valles (qui ne nous a point été communiqué). J'y ai porté, d'un » côté, les frais généraux, et de l'autre tous les produits, depuis le commencement » de son exploitation jusqu'au 15 juin 1785 inclusivement, époque de l'arrêté que j'ai » fait des anciens registres; en outre, au folio 48 du même nouveau grand-livre, » j'ai ouvert également un compte à MM. Montaudoin frères, intéressés, comme » je l'ai déjà observé, et je l'ai balancé à la même date, en portant le solde » à nouveau.

» Une fois que j'eus pris tous les renseignements et notes nécessaires, j'en » prévins le sieur Louis Crucy, qui me dit que son père consentait à abandonner » tout son commerce à ses enfants, et à *laisser ouvrir lès livres sous la raison de* » *Crucy frères.* J'arrêtai donc, le 15 juin dernier, les anciens registres, » et, le 16 dudit, je dressai d'abord, en tête du nouveau journal, un inventaire » de tout l'actif et le passif du père, pour présenter aux enfants, leurs espérances » à venir : cet inventaire n'a pas été balancé, parce qu'on a jugé inutile, par » délicatesse pour le père, de fournir le montant et la valeur de plusieurs articles, » soit meubles et immeubles. »

» J'ai transcrit moi-même, à la suite de l'inventaire général que j'avais dressé, » ce dernier acte de cession fait par M. Pellerin; je réponds que je n'ai rien » omis des objets dont j'ai eu connaissance, et que tous les bois sortis et entrés » depuis le 15 juin dernier exclusivement, date de l'ouverture des nouveaux » registres, jusqu'à l'époque de l'estimation faite par les Experts, ont été compris » audit inventaire, et que tout a été réglé d'après iceux. »

» J'ai rapporté quelques articles sur le nouveau journal; mais il y en a peu » depuis l'époque du 16 juin dernier, à cause des travaux où m'a entraîné la » rédaction de l'inventaire et les corrections et les détails que l'équité m'a porté » à y faire. »

» Je supplie MM. les Juges-Consuls de vouloir bien faire représenter cet inventaire,

« qui est le résultat de tout mon travail, avec les anciens et nouveanx livres (1),
» pour que l'on puisse juger des difficultés rebutantes que j'ai eu à surmonter pour
» parvenir à présenter aux sieurs Crucy leur avoir réel, et leurs espérances sur
» la succession de leurs père et mère. »

Nous établirons dans ce compte que le sieur Crucy n'a jamais reçu les 22,093 liv. 8 s 1 d soustraits des 187,018 l 17 s 6 d montant des sommes dues suivant la cession par les débiteurs en comptes courants.

Extrait de l'Acte de Cession.

« Débiteurs en comptes courants, à la date du 15 juin dernier, comme dit
» est ci-avant.

« L'addition totale des débiteurs en comptes courants monte, suivant la vérification
» de mes livres, ainsi qu'il est détaillé, à la somme de cent quatre-vingt-sept
» mille dix-huit livres dix-sept sous six deniers.

» Sur cette somme de 187,018 liv. 17 s. 6 d., moi, Jean Crucy, reconnais
» avoir reçu les crédits ci-après détaillés, depuis le 16 juin jusqu'à ce jour, lesquels
» faisaient partie du total ci-dessus. »

Nous allons prouver que cette assertion est sans fondement, et n'a d'autre réalité que celle d'avoir été inscrite dans l'acte de cession.

En effet, peut-on concevoir qu'une personne malade depuis six mois, et qui meurt six jours après avoir signé, illisiblement, un acte qu'elle ne connaissait pas, ait reçu, tantôt un jour, tantôt un autre, et à des époques différentes, les diverses sommes consignées dans l'état général des crédits? Cela n'est pas croyable, et les sieurs Crucy le savaient parfaitement.

Nous ajouterons de plus, que si M. Crucy père recevait ces diverses sommes, elles étaient également reçues par M.me Crucy mère, et qu'elles venaient en dernier lieu se confondre dans la caisse des cessionnaires, qui avaient jugé convenable de s'approprier ainsi, et sans beaucoup de peine, une somme de 22,093 liv 8 s. 1 d; le tout pour ajouter au bien-être de leurs sœurs.

Il ne nous est pas difficile de prouver que cette somme n'a jamais été reçue par notre grand-père, et que par conséquent elle a été indûment soustraite de l'actif de la cession.

Le sieur Crucy nous en donnent la preuve par la communication du grand-livre CF, ouvert par le sieur Raffaneau, le 16 juin 1785.

---

(1) Les nouveaux livres sont : un brouillard tenu en journal; un livre de livraisons journalières : un livre de copies de mémoires; un grand-livre; un livre de caisse que j'ai tenu depuis le premier avril jusqu'au 15 juin 1785, et quelques livres accessoires; c'est ainsi que j'ai monté la nouvelle régie.

En tête duquel est : *Capital.*

« 1785 16 juin. A divers, pour les différentes dettes que nous nous sommes chargés d'acquitter. 6 folios 1.er f.° *Doit*. . . " " "

« 1785 16 juin. Par divers, pour les effets que nous a laissés notre père . . . . 1.er f.° *Avoir*. . " " "

Voir le f.° 5 du Mémoire de Raffaneau, paragraphe 2.e

Le grand-livre CF est ouvert au 16 juin 1785, et l'on y voit inscrites toutes les sommes prétendues reçues par le sieur Crucy père, et reçues suivant ce grand-livre par caisse. Ce qui prouve que, non seulement elles n'ont pas été reçues par le sieur Crucy père, mais encore indûment soustraites par les cessionnaires de l'actif de la cession, puisqu'ils les touchaient eux-mêmes. La deuxième, c'est que toutes ces sommes ont été, pour la plus grande partie, reçues par M.me Crucy mère (voir son livret tenu jusqu'au 26 juin, pour les recettes et pour les paiements, jusqu'au 18 septembre 1785), et reprises par les sieurs Crucy.

Messieurs les experts, f.° 63 de leur procès-verbal, s'expriment ainsi : *Il est certain, malgré cette lacune, que les recettes effectuées par M.me Crucy servaient aux paiements que MM. Crucy avaient à faire, et que dans l'intervalle du* 16 *juin au* 6 *septembre* 1785, *M.me Crucy n'était qu'un caissier de la maison.*

Nous porterons donc, dans notre nouveau compte, les sommes soustraites indûment de la cession, et qui y avaient été portées *pour le maintien de la paix entre parents*. Nous terminerons ces réflexions par le passage suivant du Mémoire de Raffaneau :

(F.° 8, du Mémoire de Raffaneau, paragraphe 3). « Mon travail opiniâtre a » procuré aux sieurs Crucy le grand avantage d'avoir la signature de leur père, » qui en sentait mieux le prix qu'aucun d'eux; et il avait raison de dire à Louis, » son fils, quelques jours avant son décès : « Mon fils, vous savez que les procès » entre parents sont terribles et de mauvais exemple, et que je peux seul les » arrêter par ma signature, mon seing et celui de votre mère étant le sceau de » l'abandon de notre commerce que nous vous faisons; ainsi, pressez M. Raffaneau » de terminer, car la nature de ma maladie me donne lieu de craindre pour mes jours ». *Ce discours m'a été rapporté par le sieur Louis lui-même, et M. Pellerin, médecin, me fit sentir aussi la nécessité de terminer promptement mon travail.*

Ceci posé, nous allons entrer dans la discussion des articles de recharge :

Nous aurons dans ce compte beaucoup d'articles qui prouveront que la marche actuelle des sieurs Crucy a été conséquente, et qu'ils se sont *formés un inventaire* à la place de celui signé par le sieur Crucy père, ainsi que le maintient le sieur Raffaneau, dans son Mémoire, et que, dans cet inventaire, un très-grand nombre d'articles ont été substitués aux véritables, et qu'il en a été inséré de dates postérieures au 15 juin.

Aussi, les comptes des sieurs Crucy ont-ils eu besoin, pour obtenir la parité avec les sommes référées dans la cession, ou qu'on y ajoutât plus ou moins de livres, de sols et deniers, ou qu'on y retranchât pour atteindre cette parité.

Nous porterons les livres et cotes communiqués, sur lesquels nous avons fait nos extraits, tels que les livres D, E et F, ainsi que les cotes de Raffaneau, et ensuite nos rapports.

Compte rendu par les sieurs Crucy.

Nota. Cette colonne contient les sommes prétendues reçues par le père, et qui, effectivement, ont été reçues par les cessionnaires.

BERNACHEZ. Ces $2,500^{l}$ 13^{s} sont portés dans la cession au nombre des sommes reçues par le sieur Crucy père, et extraits par suite du capital de $18718^{l}\ 17^{s}\ 6^{d}$, montant des débiteurs en compte courant.

Cette somme de $2,500^{l}\ 13^{s}$ est portée en double emploi dans le compte de 1830.

Bureau de ville. Porté au compte rendu en 1830, pour $446^{l}\ 15^{s}\ 4^{d}$.

Le grand-livre CF, au 16 juin 1785, ne fait aucun état de la créance de la ville.

Compte établi par les oyants en opposition de celui rendu le 18 mai 1830.

BERNACHEZ. Pour balance, pour solde :

Grand-livre CF, ouvert le 16 juin 1785, n'est pas porté sur ce livre, ni comme recette, ni comme dépense, attendu qu'une balance de compte n'est pas de l'argent.

Bureau de ville.

Suivant notre mémoire, il était dû $13,573^{l}\ 10^{s}$, livret de M.me Crucy :

Reçu du bureau de ville,

12 juillet	96^{l}	19^{s}	4^{d}
12 *idem*	228	"	"
19 *idem*	2,700	15	"
2 juillet	4,501	5	"
20 *idem*	4,998	5	"
	12,525	4	4
Le 1.er avril 1786, pour mémoire de 1785	1,058	17	8
	13,584	2	"

RECHARGES.

A reporter . . . . 13,584 2 "

Recharges d'autre part . . . . . . 13,584^{l} 2^{s} „^{d}

Le bureau de ville devait donc, au lieu de 446 liv. 15 s. 4 d., au 16 juin 1785, ci 13584 liv. 2 d.

V.e BÉRANGER.

Livret de M.me Crucy, 19 *juillet*, *ci* . . . . 525^{l} 2^{s} 10^{d}

Grand-livre CF 1785, *juin* 16.

V.e BÉRANGER.

21 juillet. Avoir, par divers, ainsi qu'il est détaillé au journal, en deux articles . . . . 566 l. 14 s. 1 d.

Cette somme est portée itérativement au compte des débiteurs en compte courant, et doit en être rayée, par la raison qu'elle a été déjà soustraite une fois du capital des débiteurs en compte courant. Ainsi double emploi.

Cet article, ainsi que plusieurs autres qui vont suivre, n'ont point été reçus par le sieur Crucy père, et sont seulement portés pour mémoire, parce que nous portons en recharge plus bas l'entière somme prétendue reçue par le père.

BERTHAIS. Compte rendu en 1830, devait ci. . 360 l. 9 s.

BERTHAIS (JEAN).

Grand-livre CF.

1785, 16 juin, à capital, pour autant qu'il doit jusqu'à ce jour.

1785, 30 septembre, pour autant qu'il a compté pour solde, ci 360^{l} 9^{s}

BOURMAUD FRÈRES.

Compte rendu en 1830, devaient 2847 l. 13 s. 5 d.

BOURMAUD FRÈRES. Cote D, n.o 11, de Raffaneau, devaient, f.os 77 à 81 du livre des mémoires E . . . 5,849^{l} 6^{s} 6^{d}

F.o 38 du même livre . . 2,867 „ 8

Cote C, n.o 23, de Raffaneau. 796 7 7

Arrêté par Raffaneau, les 24 et 29 mars 1785. . . . 9,512^{l} 14^{s} 9^{d}

Grand-livre CF, à capital pour solde des sieurs Bourmaud frères jusqu'à ce jour, doit, 1785, juin 16. . 2,847^{l} 13^{s} 5^{d}

Par caisse, 1785, décembre 30, par caisse pour autant que *Bruneau* nous a payé pour leur compte, 2676^{l} 3^{s} 3^{d}

Ce *Bruneau* était l'huissier de la maison Crucy.

A reporter . . . . . 13,584 2 „

Recharges d'autre part . . . . . . 13584l 2s "d

Nous porterons les sommes reconnues dues par Raffaneau, et par conséquent le debet des sieurs Bourmaud à la somme de 9147 12 5

BRIGUENEN est porté dans la cession comme ayant payé la somme de 1183 l., reçue par le sieur Crucy père. Cette somme a été déduite du capital des débiteurs en compte courant. Il y a ainsi un double emploi.

BRIGUENEN. Son compte n'est pas porté sur les cotes Raffaneau.

Grand-livre CF. Briguenen.

1785, juin 16, à capital, pour autant, qu'il doit jusqu'à ce jour, ci 4035 l. 18 s. 4 d.

1785, décembre 30, par caisse, pour autant qu'il a compté à valoir, ci. . 2852 l

Septembre 10, par lettres et billets à recevoir, pour la remise du 7 du courant . . . . 1330 l

4182

Le sieur Brignenen devait donc plus de . . . . 4035 l. 18 s. 4 d.

puisqu'il paya, avant le 15 juin, ci . . . . 1183 " "

5218 18 4

Ce qui eût porté son débet à 5218 l. 18 s. 4 d. Nous le porterons à la somme payée par lui, du 7 septembre au 30 décembre 1785, ci . . . . 4182 " "

BOURGEOIS est porté au compte rendu en 1830, pour 262 l. 16 s. 5 d.

BOURGEOIS, constructeur, à Paimbœuf. Cote D, de Raffaneau, n.° 12, devait, f.° 85 du livre des mémoires E . . . . 924 l. 16 s. " d.

et au f.° 96, même livre. 3262 16 5

4187 12 5

Ce débet étant porté dans l'inventaire de Raffaneau, du 15 juin 1785, nous le portons ici. 4187 12 5

BOURGEOIS CADET. Cote B, f.° 336 du livre des mémoires C, doit 2731 l. 4 s. 11 d.

A reporter 31101 7 10

Recharges d'autre part . . . 31101s 7s 10d

Raffaneau a mis à vérifier.

La note fut arrêtée par Raffaneau, le 16 mars 1785.

Nous avons oublié d'insérer au folio 3 les 360 l. 9 s. dûs par Berthais, nous les reportons ici . . . . 360 9 "

Le débet de M.lles BUDAN est porté dans la cession comme ayant été reçu par le sieur Crucy père.

Le compte rendu en 1830 ne fait mention que de 285 l. 4 s. 10 d. Cette somme forme ici un double emploi.

M.lles BUDAN.

Grand-livre CF, 1785, juin 16, à capital, pour autant qu'elles doivent jusqu'à ce jour . . . . . 256 l. 17 s. 4 d.

Par caisse, pour autant qu'elles ont compté pour solde . . 256 l. 17 s. 4 d.

Livret tenu par M.me Crucy mère.

Reçu le 20 juillet 1785, des D.lles Budan, ci 296 liv.

D'après ces faits, le sieur Crucy n'avait pas reçu cette somme, ainsi que cela a été consigné dans la cession.

Il est encore un de ceux dont le paiement est consigné dans la cession pour 85 l. 18 s. 3 d. reçus par le sieur Crucy père. Par conséquent, il forme double emploi.

Cette somme est consignée : 1.° sur le grand-livre CF, ci-joint, et sur le livre de M.me

BOETE (LOUIS). Cote D, de Raffaneau, n.° 7. Louis Boëte, f.° 48 du livre des mémoires E, doit 168 liv. 10 s. 9 d. Il y a d'autres articles à ajouter. Il est écrit en marge 168 liv. 10 s. 9 d., seulement et pour mémoire à vérifier.

Au bas du mémoire montant à	168l	10	9d est ajoutée
la somme de . . .	137	2	" montant des articles fournis audit.
	311	12	9
Il est mis : payé à compte ci	102	"	"
Reste dû . .	209	12	9
Livre F, f.° 263, 23 mai 1785 : Louis Boëte. . .	126	"	"
	335	12	9

A reporter 31461 16 10

D'autre part. . 335l 12s 9d. . . . 31461l 16s 10d

Crucy mère. Donc M. Crucy père ne l'a pas reçu.

Déduisant les 83 l. 18 s. reçus le 3 juillet, conformément au livret tenu par M.me Crucy . . . . . . 83 18 „

251 14 9

Louis Boëte devait encore. 251 14 9

La somme de 85 l. 18 s. 3 d. est portée, grand-livre CF, ouvert par les sieurs Crucy frères, le 16 juin 1785, comme payée au 3 juillet même année.

Elle est également portée comme reçue, le 3 juillet même année, par M.me Crucy, suivant son livret.

BONNET. Cote D, de Raffaneau. Son compte laissé en blanc, f.° 131 du grand-livre E. Il a payé 452 l. à valoir sur son débet. Livre E; f.os 54 et 55, 929 l. 7 s.

Compte rendu en 1830, 1582 l. 11 s. 6 d.

F.os 369 et 371. Total. . . 2035l 1s 6d

Il a payé le 3 janvier . . . 452 10 „

Juillet 22, grand-livre CF. 1582 11 6

Il doit en outre, f.os 18 et 53. 277 6 2

1859 17 8

Nous le porterons, ainsi qu'au grand-livre CF, 13 juillet 1785, pour . . . 1859 17 8

BOUVIER n'est pas porté sur les cotes de Raffaneau.

Livre E, f.° 279, il devait, au 11 avril 1785, 188 l. 17 s. 6 d.

Il devait en outre, livre F, f.s 12, 28, 52 et 27 . . . . 52 l. 10 s.

Nous le portons en compte ci. . . 52 10 „

Il est cependant porté dans la cession comme ayant payé au sieur Crucy père les 188 l. 17 s. 6 d., lesquels sont soustraits de l'actif des débiteurs en compte courant, étant portés dans le compte de 1830. Il forme également un double emploi. Donc il n'a pas été reçu par M. Crucy père.

BALAIS, subdélégué, n'est pas inscrit sur les cotes de Raffaneau.

Compte rendu en 1830. . 60 l.

A reporter 33625 19 3

	Recharges d'autre part	33625 l. 19 s. 3 d.
	Il est porté, livre des mémoires E, f.os 265 et 266 comme débiteur de 417 l. 14 s., ci	417 14 "
	BOUCHER n'est pas porté sur les cotes Raffaneau.	
	Nous le portons comme au compte rendu, n'ayant trouvé aucune trace de ce débet sur les livres des mémoires E et F, ci	91 11 1
	BEDOIT et Consorts ne sont pas portés sur les cotes Raffaneau.	
	BEDOIT, soldat, le 7 juin 1785. Son compte de 1542 liv. 16 s. Voir le livret de M.me Crucy mère, à ladite époque.	
	Livre E, f.° 377. Ce compte se monte à 1542 liv. 16 s.	
	La somme, non portée dans les cotes de Raffaneau, de 1542 l. 16 s. fut portée au sieur Mauclair en compte pour le 1/3 de la gabarre. Voir le livret de M.me Crucy mère, au 7 juin 1785.	
	Il faut tourner le livret sens dessus dessous pour trouver les divers paiements faits par elle.	
Cette somme de 252 l. 13 s. 3 d. est portée dans la cession comme ayant été reçue par le sieur Crucy père.	Livre E, f.° 281, somme inscrite depuis le relevé fait par Raffaneau, on trouve le débet de . . . . 252 l. 13 s. 2 d. sur lequel il est écrit au bas il faut déduire, ci . . . . 10 7 " 242 6 2	
	BALEROI n'est pas porté sur les notes de Raffaneau.	
Compte rendu en 1830, 49 l. 17 s. 4 d.	Les sieurs Crucy n'indiquent ni le folio, ni le livre du débet. Nous ne l'avons trouvé ni sur le livre E, ni sur celui F. Un objet aussi peu important ne vaut pas de longues recherches, ci.	49 17 4
	A reporter	34185 1 8

	Recharges d'autre part	34185 l. 1 s. 8 d.
Compte rendu en 1830, 1248 l. 15 s.	COR, tanneur, n'est pas porté sur les cotes de Raffaneau, livre E, f.os 263 et 264, en total 1248 l. 15 s., doit ci. . .	1248 15 »
Nota. Il est à remarquer, ainsi que nous l'avons dit dans notre exposé, que tantôt les sieurs Crucy augmentaient l'actif, et que tantôt ils le diminuaient. Cet article prouve ici l'augmentation de l'actif.	CATERNEAU n'est pas porté sur les cotes de Raffaneau. Nous trouvons, grand livre D, f.o 100 : doit 3090 liv. 13 s. Caterneau, grand-livre E, 1784, 10 août, de Moron . . . . 7000 l. Novembre 22, 1784, de *idem*. 5205 Par Gaignard . . . . 1925 1785, 25 mai, porté au livret de M.me Crucy mère, 2 juin 1785, reçu de M. Caignard, à compte de la créance Caterneau, ci . . 3021 — 17151	
Le procès entre Caterneau était relatif à la perte des trains de bois qui s'étaient brisés près du Pont de la Belle-Croix. Il n'a jamais été mention des bois de la forêt de Valles, et jamais aucun compte original n'a été fourni. (Voir le livre de correspondance.)	Les 4830 arbres de la forêt de Poilgeline furent vendus à Caterneau, pour 3600 l., à 7 l. 9 s. la cîme d'arbres. Suivant le compte de Ledroit, qui avait aussi pris à marché les 4830 pieds d'arbres de Poilgeline, pour les conduire au port. Celui-ci en avait charroyé depuis 1783 jusqu'en 1785 . . . . . . 3452 pieds. Il restait donc à abattre pour complément, la quantité de . . . . 1378 — Total. 4830 pieds. Le débet de Caterneau, à partir de la cession, n'était donc pas 18849 l., mais de	10266 10 »
	Parce que les 1378 arbres à abattre, à 7 l. 9 s. par arbre, ne produisent que pareille somme.	
Compte rendu en 1830. COUROUCÉ . . . . 22600 l.	COUROUCÉ. D'après le journal de correspondance, f.o 161, du journal,	
	A reporter	45700 6 8

Recharges d'autre part . . . . . . 45700 l 6 s 8 d

il acheta, au 26 mai 1783, les tailles de la forêt de Valles, pour 2800 l. par an. Il avait encore huit années d'exploitation, qui formaient ensemble un capital de 22400 liv.

Les sieurs Crucy ont donc encore rechargé cet article de 7600 l.; le tout pour parvenir à atteindre l'actif porté à la cession.

Couroucé avait associé M. Malgonne à son marché. Livre F, f.° 271, 1er juin 1785, présente les deux paiements suivants :

Le 1er juin, Couroucé paya sur son marché . . . 1200 l

Le 2 juin 1785, f.° 272, Malgonne, solde des tailles, marché échu au premier courant. 1400

2600

Couroucé et Malgonne devaient, pour leurs trois années, à 2800 l. par an pendant les huit années . . . . 22400 l

Ils avaient payé pendant 3 années savoir : 1783, 1784 et 1785, ci 1720

Reste dû 15200

A porter en compte, ci . . . . . . 15200 " "

La somme de 276 l. 12 s. est portée dans l'acte de cession, comme reçue par le sieur Crucy père, et soustraite du capital de ladite cession; soustraite itérativement dans le compte des Crucy. Elle forme donc un double emploi.

CORNET, cordier.

Livret de M.me Crucy, f.° 41, 276 l. 12 s.

Grand-livre CF, par caisse, pour autant, qu'il a compté pour solde, 24 août 1785, 276 l. 12 s.

COULON, porté dans l'acte de cession comme ayant payé au sieur Crucy père. Cette somme de 356 liv. 5 s. 4 d., portée pour 385 liv. 8 s., sera encore soustraite une fois.

COULON, charpentier.

Grand-livre CF, 1785, 28 juin, par caisse, pour autant qu'il nous a compté pour solde de son mémoire, ci 356 l. 5 s. 4 d.

A reporter 60900 6 8

Recharges d'autre part . . . . . . 60900 l. 6 s. 8 d.

Livret tenu par M.me Crucy mère, f.° 36, 26 juin, 356 liv. 5 s. 4 d.

Cession. CORMERAI, 82 l. 5 s. Je veux dire, au lieu de *cession*, compte de 1830.

CORMERAI. Grand-livre, CF. 16 juin 1785, à capital, pour autant qu'il doit pour solde jusqu'à ce jour . . . 1070 1 "

On voit par la communication de ce grand-livre, quel degré de confiance acquiert le compte des sieurs Crucy rendu en 1830, le 18 mai.

Compte rendu en 1830, 1645 liv. 11 s. 1 d.

CONTREMOULIN. Grand-livre CF. 1785, 16 juin. Par capital, pour son billet, que nous avons négocié, et dont nous le créditons pour balance, ci 1703 liv. 9 s.

Par profits et pertes, 3 l. 9 s. 1 d.

Contremoulin. Livre E, f.° 279, 1645 l. 11 s. 1 d., ci 1645 11 1

Compte rendu en 1830, 677 liv. 12 s. 7 d.

CHAILLOU. Grand-livre E, f.° 137. 1784, août 12 au 7 janvier 1785. 2512 l.
Avoir, 29 décembre 1784, à compte. 1200

Il était dû par Chaillou au 29 décembre 1784. 1312

A porter en compte, ci . . . . 1312 " "

La somme de 586 l. 2 s. 7 d. est comprise dans la cession et retenue dans son capital. Elle forme donc un double emploi.

DOUILLARD, architecte. Livre des mémoires E, f.os 91 et 322, devait pour solde de compte, au 12 avril 1785, la somme de 586 liv. 2 s. 7 d.

Grand-livre CF, ouvert le 16 juin 1785, par caisse, pour autant qu'il nous a compté le 21 juillet, ci 586 l. 2 s. 7 d

Livret de M.me Crucy mère, 22 juillet, de M. Douillard, entrepreneur, 586 l. 2 s. 7 d.

Compte rendu en 1830, 78190 liv. 18 s. 3 d.

DUPARCQ, munitionnaire des vivres, Grand-livre CF, 1785, juin 16, à capital, pour autant qu'il doit jusqu'à ce jour.

Le débet n'a pas été porté.

Journal de 1786, f.° 264.

A reporter. 64927 18 7

	Recharges d'autre part	64927 l. 18 s. 7 d
Nota. Au 16 juin 1785, le compte Duparcq n'étant pas balancé, les sieurs Crucy ne pouvaient connaître au juste son effectif réel.	**Le 8 octobre 1787, un réglement eût lieu entre MM. Duparcq et MM. Crucy, intéressés dans les travaux de l'entrepôt. Ce compte se balançait en faveur des sieurs Crucy par 108798 l. 12 s. 7 d. ci, en compte**	108798 12 7
	Nous joignons au présent l'extrait du journal A, contre-marqué CF.	
Dulac est porté dans la cession pour 59 l. 4 s. 6 d. Cette somme a bien été soustraite une fois, et l'est encore une seconde, dans le compte rendu en 1830. Ainsi encore un double emploi.	**DULAC. Grand-livre E, f.° 107, à compte nouveau, au 12 février 1785, 59 liv. 4 s. 6 d.**	
Cession. La somme de 133 l. comptée par Hervé, est encore une de celles soustraites dans l'actif de la cession. Il forme dans ce compte un double emploi.	**HERVÉ, plâtrier.** **Grand-livre, CF.** **16 juin 1785, par caisse, pour autant, qu'il a compté pour solde de bois livrés pour son compte, avoir ci, . . . 133 l.**	
Compte rendu en 1830, 1289 liv. 10 s. 10 d.	**DUTEIL. Grand-livre CF.** **Juin 16, pour autant, qu'il doit jusqu'à ce jour, ci . . . . . 1289 l. 10 s. 10 d.** **1786, sans date, par caisse, pour autant, qu'il nous a compté pour solde, 1289 l. 10 s. 10 d.**	
	Extrait du livre F., f.°s 54, 74, 77, 99, 135, 138, 158, 172, 178, 185, 186, 204 et 208, devait en total . . .	1296 6 9
	DAVIAUD, de Paimbœuf, devait, au 16 juin 1785, suivant le grand-livre CF . . . . 2528 l. 12 s 9 d. **Suivant le compte rendu par les sieurs Crucy . . . . 2542 l. 11 s. 4 d.**	
	A reporter.	175022 17 11

Recharges d'autre part 175022l 17s 11d

DAVIAUD, porté comme étant en faillite et par suite soustrait des sommes reçues par le sieur Crucy père, avant qu'il ne signe la cession.

DAVIAUD, livre E., f.° 95, devait ci 4342 11 4

Livret de M.me Crucy mère, il paya le 4 mai 1785 1800

2542 " " 2542 " "

1785 octobre 12, par caisse pour autant qu'il nous a compté à valoir 1000 " "

1786 avril 10, par caisse pour autant à valoir . . . . 1938 " "

15 juin 1786, pour autant à valoir 422 13 4

3360 13 4

Compte rendu en 1830, 4181 l. 6 s. 2 d.

DOUILLARD; contre-maître, Grand-livre CF., 1785, juin 16 à capital, pour autant qu'il doit jusqu'à ce jour ci. 150 l.

Il n'y a aucune somme portée au 16 juin, mais au 22, il compte en traite sur Paris 1320 l.

Son débet, livre E., f.° 298, était au 15 juin 1785 de 7864 3 2

Il avait compté le 1.er mars.

1785 . . . . 2100 }
Le 22 janvier suivant. 1320 } 3400 " "

4464 3 2

Il redevait donc au 15 juin. 4464 3 2

Compte rendu en 1830, 737 l. 8 s. 7 d.

DÉSABREVOIS, directeur d'artillerie.

Grand-livre CF., 1786, juin 21, par caisse, pour autant qu'il a compté à compte des bois à lui vendus. . 1872 l. 3 s. 3 d.

Livre E., f.° 380. . 762 l. 18 s. 7 d.

A reporter. 182029 1 1

	Recharge d'autre part	182029 l.	1 s. 1 d.
	Forêt de Valles, livre O., f.° 268 ci. 268 6 8 — 762 l. 18 s. 7 d. A déduire 67 1 8 — le 1/4 de M. Montaudouin. 201 5 " Rapport de Desabrevois, 762 l. 18 s. 7 d. Rapport . . . . . . 201 l. 5 s. " d. 964 l. 3 s. 7 d. Le débet, au lieu 737 l. 8 s. 7 d., était donc de	964	3 7
DIBIESSE est encore au nombre des sommes prétendues reçues par le sieur Crucy, et qui forment dans le présent compte un double emploi. Compte rendu en 1830, 10 l. 14 s. 4 d.	DIBIESSE, devait 10 l. 14 s. 4 d., comme au compte rendu. Cette somme reçue ne peut être remise une autre fois.		
Compte rendu en 1830, 46 l. 16 s. 2 d.	FOUGÈRE aîné, porté livre F., f.os 263 et 280, pour, ensemble. . . . . . 46 16 " Mais on oublie les deux articles suivans: 1.° celui du livre F., f.° 227, montant à. . . 131 4 5 Livre F., f.° 229. . . . . . 84 2 6 262 2 11 Ce qui porte le débet de Fougère aîné, à :	262	2 11
Compte rendu en 1830, 1230 l. 15 s. 7 d.	GUIBERT, grand-livre CF. 1785, juin 16, par lettres et billets à recevoir, 1592 l. 2 s. 2 d. En février 1786, la somme de 1592 l. 2 s. 2. d. Nous le portons comme au compte rendu en 1830	1230	15 7
Compte rendu en 1830, 1300 l.	GUÉRIN, grand-livre CF., à capital, pour autant qu'il doit jusqu'à ce jour . . . . 1300 l. Il n'y a aucune trace et indication de ce débet. Nous le portons comme au compte rendu en 1830	1300	" "
Compte rendu en 1830, 624 l. 10 s. 9 d.	GUITARD, d'Angers.		
	A reporter.	185786	13 2

Recharge d'autre part . . . . . . 185786 l. 13 s. 2 d.

Grand-livre CF., est porté débiteur de 740 10 9

Grand-livre E., f.° 81, Guitard d'Angers, 15 juin 1785 pour solde de . . . . . 555 l. 15 s. " d.

Gautier . . . . 2101 l. 11 s. 8 d.

GAUTIER, est porté dans la cession comme ayant payé 2000 l., reçues par le sieur Crucy père. Cette somme n'est pas en harmonie avec celle du compte, et forme en outre un double emploi.

Livre E., f.os 315 à 323.

Maison Dulac 4710 l. 6 s. 6 d.

Livre E., f.° 329. Maison Renou . . 3367 l. 7 s. 4 d.

8077 l. 13 s. 10 d.

Grand-livre CF., 1785, 28 juillet, par lettres et billets. 1710 l.

Par caisse pour autant qu'il a donné sur la maison.

Dulac . . 1000 l.

1.er août, pour, autant qu'il nous a compté ci . . . . 2000 l.

4710 l.

à déduire des . . 8077 l 13 s 10 d.

les . . 4710 l " "

Reste . . . 3367 l 13 s 10 d. que nous portons à compte ci. 3367 13 10

HÉRITTE, chamoiseur, ayant déjà été soustrait, ne peut figurer à cet actif.

Cette somme a déjà été portée dans la cession, et soustraite de son capital, elle forme donc ici un double emploi.

On observe que le livre E. et le livre F. sont identiques, et que les comptes portés sur le premier, figurent également dans le second: ce qui aurait pu faire, de la part des sieurs Peccot, un double emploi involontaire.

HÉRITTE. Grand-livre CF., 1785, juin 25, par caisse, pour autant qu'il a compté ce jour pour solde. 177 l. 11 s. 4 d.

A reporter. 189894 17 9

Observations	Articles	l.	s.	d.
	Recharge d'autre part	189894	17	9
Compte rendu en 1830, 398 l. 17 s. 5 d.	**HERVÉ**. Grand-livre E., doit jusqu'au 29 mars 1785. . . . . 398l. 17s. 5d. non portés sur le dit, grand-liv. 8 avril f.° 255 du livre E. 151l. 5s. 8d. *Idem*, 7l. 4s. "d. Bois de ICF. 174l 6s 8d Le 1/4 de Montaudouin à déduire . . 43l "s 8d } 131l. 15s. "d. TOTAL . . . . 681l. 15s. 5d. Nous les portons en compte	681	15	5
Compte rendu en 1830, 224 l. 12 s. 2 d.	**HUET**, tonnelier, conforme au livre des mémoires et aux sommes reçues. Doit, comme au compte rendu en 1830.	224	12	2
	Grand-livre CF., 1785, octobre 4, par caisse pour autant reçu pour son compte. . . 224 l. 12 s. 2 d.			
Compte rendu en 1830, 1444 l. 5 s.	**PIERRE LEROUX**. Livre E., f.os 376 et 377, devait comme au compte rendu en 1830.	1444	5	"
Compte rendu en 1830, 314l.	**CHAURAND et LIBAULT**. Grand-livre CF., 16 juin, à capital, pour autant qu'ils doivent jusqu'à ce jour . 532 l. 2 s. 6 d. Par caisse pour autant qu'ils nous ont compté pour solde . . 532 l. 2 s. 6 d. Nous portons en compte	532	2	6
Compte rendu en 1830, 30l.	**LEFIÈVRE**. Grand-livre CF., 1785, juin 16, à capital, pour autant que Lefièvre doit jusqu'à ce jour. Par caisse, nul. Nous le portons comme au compte rendu en 1830..	30	10	"
Compte rendu en 1830, 67 l. 5 s. 6 d.	**LAPLACE**, du Pellerin. Grand-livre CF., 16 juin 1785, à capital pour autant qu'il doit jusqu'au 10 juillet	164	19	2
	A reporter.	192973	1	10

Recharge d'autre part 192973l 17s 9d

Il est porté dans la cession comme somme reçue par le sieur Crucy père; ainsi, il y a un double emploi.

MONTAUDOUIN l'aîné. Grand-livre CF., devait, suivant ce livre, jusqu'à ce jour, 16 juin 1785 . . 861 l. 14 s. 10 d. cette somme n'est pas portée à l'avoir du grand-livre CF.

Compte rendu en 1830, 221 l. 11 s. 2 d.

Compte rendu en 1830, 781 l. 7 s. 11 d.

MELLINET, livre E., f.o 262. devait. . . . 294l. " "

Melinet, cote A., de Raffaneau. . . . . . 65l 10s "

Mellinet, comme au compte rendu en 1830. 781l. 7s, 11d.

Nous portons en compte le débet de Mellinet . . . . . . 1140l. 17s. 11d. ci 1140 17 11

Mellinet. Grand-livre CF., au 16 juin 1785, doit jusqu'à ce jour, ci 221l. 11s. 2d. Rien n'est porté à l'avoir

Compte reudu en 1880, 18 l. 2 s. 6 d.

MÉNARD, charpentier de maison, comme au compte rendu 18 2 6

MÉNARD et BOURILLON.

Porté dans la cession en déduction du capital des débiteurs en compte courant . . ci . . 1 l. 10 s.

Compte rendu en 1830 . 1 l. 10 s.

Grand livre CF., 16 juin 1785, les mêmes, pour autant qu'ils doivent jusqu'à ce jour . . . . . . 1l. 10s. "d.

Porté dans le compte de 1830, et formant un double emploi.

22 juillet, bois, notre compte . . . . 132l. 14s. 2d.

134l. 4s. 2d.

Déduisant la somme portée dans la cession . . 1l. 10s. "d.

Reste dû 132l 14s 2d ci. 132 14 2

Compte rendu en 1830, 802 l. 4 s. 4 octobre 1785, par son effet qu'il nous a consenti . 694 l.

Louis NOGUÈS fils. Grand-livre CF., 1785, juin 16, à capital, pour autant qu'il doit jusqu'à ce jour . . 802 l. 4 d.

Voir le livre E., f.° 356. Nous portons en compte. 802 4

A reporter. 195067 0 5

Recharges d'autre part 1950671 0s 5d

Compte rendu en 1830, 468 l. 14 s. 6 d.

MOUTON, de Paris, suivant le compte rendu en 1830 . 468 l. 14 s. 6 d.

Mouton, de Paris envoya son compte arrêté au 20 août 1785, par lequel il était en avance, par balance de compte avec la maison Crucy, de 4988 l. On demande comment d'après pareil acte on peut déclarer Mouton débiteur tandis qu'il est créancier.

Compte rendu en 1830, 122 l. 15 s. 4 d.

NAUD (PIERRE), suivant le compte rendu en 1830 . . . . 122 l. 15 s. 4 d.

Grand-livre CF., 1785, septembre 1, les deux articles portés par erreur au compte du père, et que nous portons au compte de la forêt 129 l. 15s. „d.
septembre 4, reçu pour
solde de son compte . 154 l. 1s. 5d.

Naud (Pierre) devait. 283 l. 16s. 5d. 283 16 5

Naud devait au-delà de ce qui est porté grand-livre CF., à son débet, par la raison que ce ne fut qu'au 8 octobre 1785 qu'il lui fut livré d'autres bois.

PECCOT père. Nous en référons au f.° 140 de notre mémoire, réservant de faire valoir plusieurs pièces à l'appui desquelles les sieurs Peccot prouveront encore qu'à l'époque du 16 juin 1785, leur père ne devait rien aux sieurs Crucy, ou qu'il en était au contraire créancier.

Compte rendu par les sieurs Crucy en 1830.

PAUVERT MAUNY, 1570 l. en son billet du 9 juillet 1785. Attendu que l'inventaire dressé par Raffaneau et signé par le sieur Crucy père ne peut embrasser pareille somme, nous le rejetons.

PAUVERT-MAUNY. Grand-livre E., f.° 81.

Grand-livre E., f.° 218. 1100
1785, juin 15, dans son
billet et argent. 1095

Cette somme de 1095 l. . . portée comme mémoire.

A reporter 195350 16 10

	Recharges d'autre part	195350 l. 16 s. 10 d
Compte rendu en 1838, 4450 l. 15 s.	**SEHEULT**, architecte. . . . . . . L'excédant de son débit était compris dans les 38162 l., produits des ventes depuis le 16 juin 1785 jusqu'aux 24 et 27 juillet, époque de l'inventaire fait pour parvenir à la cession.	4450 15 〃
Les sieurs Crucy portent dans l'acte de cession, comme reçue par le sieur Crucy père, la somme de 9149 liv. 8 s. 9 d. Le grand-livre E. ne porte son débet qu'à la somme de. . 5339 liv. 8 sous 8 den. Le livre F. l'augmente de. . . . . 499 1 8 Total. . . . 5838 10 4 Le grand-livre CF. ne porte au 16 juin 1785 aucune somme payée par Sauvaget. La première colonne de l'actif et du passif a été grattée sans pouvoir découvrir aucun indice de chiffres. Les sieurs Crucy peuvent seuls expliquer pareil acte. Nous ne pouvons croire, d'après les faits ci-dessus, ni aux 9149 l. 8 s. 9 d. portés dans la cession, ni à l'effectuation du paiement des 5838 l. 10 s. 4 d. Les MM. Crucy voudront bien s'expliquer à cet égard.	**SAUVAGET**, entrepreneur. Grand-livre E., f.os 72 et 169, devait jusqu'au 19 février 1785, 15539 l. 8 s. 8 d. Avoir, même livre . . 4800 〃 〃 Suivant quittance de M. Crucy fils. . . . . . . 2400 〃 〃 1785 mai 9, suivant quittance. . . . . 3000 〃 〃 10200 〃 〃 Redoit, pour solde, 5339 liv. 8 s. 8 d. Doit M. Sauvaget. . . 5339 8 8 Il faut y ajouter les sommes dues par lui depuis le 19 février jusqu'au 15 juin 1785. Sauvaget doit, livre F, du 8 avril au 15 juin 1785, d'après les f.os 228, 255, 259, 263, 264, 271 et 274. 499 1 8 5838 10 4 Recharge, ci.	5838 10 4
	A reporter	205639 12 2

Recharges d'autre part . . . . . . 205640 l 3 s 2 d

Cette somme forme encore, dans le compte rendu en 1830, un double emploi, puisqu'elle est soustraite une première fois dans la cession, et une seconde fois dans le compte ci-dessus.

SONNET dit DUFRESNE.

Livre E., f.° 383, devait 412 8 1
du 15 févr. au 8 avril 1784,
devait pour solde, grand-livre E., ci. . . . . 37 7 〃

Compte rendu en 1830. Sonnet dit Dufresne ne devait que 400 l.

Total. 449 15 1

Grand-livre CF, 1785 16 juin, devait jusqu'à ce jour 400 liv.

Nous portons son débet à. 449 15 1

1788 octobre 2. Par divers, pour montant des ouvrages qu'il nous a faits, suivant mémoire arrêté ce jour. 761 3 7

Doit ledit, pour solde. 319 8 〃

1080 11 7

Compte rendu en 1830. Régnier, 69 l. 9 s.

REGNIER, charpentier, grand-livre CF., 1785 juin 16, à capital, pour autant qu'il doit jusqu'à ce jour. . . . . . . 69 9 〃

1785 décembre 30, par caisse, pour autant qu'il a compté, pour solde de son mémoire, ci 90 liv.

Régnier devait en sus de son mémoire, pour vente du 12 juillet, 20 liv. 12 s. ce qui formait le capital de 90 liv.

Compte rendu en 1830. 996 l 9 s 6 d.

ROCHETEAU, charp. au Marchix.

Grand-livre E, f.° 6, 21 avril 1784, au 26 janvier 1785, redevait pour solde, ci. 185 10 11

Livre F., f.os 215 et 265. 25 9 9

111 〃 8

Grand-livre CF., Rocheteau n'est inscrit ni à l'actif, ni au passif, devait. . . 111 〃 8

A reporter 206169 7 11

		l.	s.	d.
	Recharges d'autre part	45700	16	8
Compte rendu en 1830, 3264 l. 1 s. 8 d.	**THÉBAULT**, Livre des Mémoires E. f.° 282 et 296, 3264 1 8, ci	3264	1	8
Son compte lui fut remis le 6 août 1785.	Grand-livre CF., aucune somme le concernant n'est portée, soit au débet, soit à l'avoir. Son mémoire lui a été remis le 6 août 1785.			
Compte rendu en 1830, 1408 l. 3 s. 1 d.	**TAILLEBOIS**. Livre E, f.°s 101 et 108, doit, comme au compte rendu en 1830, .	1408	3	1
	ERREURS ET OMISSIONS RELEVÉES.			
L'évêque, Cornet, Lefièvre, Henri, Leverrier, devaient la somme de 2534 l. 14 s. 7 d., le 6 juin 1785, et n'ont pas été portés au compte rendu en 1830.	**L'ÉVÊQUE**, géographe. Livre E., f.°s 272 et 273, au 26 juillet 1785, devait ci. . . . . 1237 17 10 Grand-livre E., f.° 151, 8 octobre 1784. . . . 153 19 10	1391	17	8
	CORNET, charpentier, 10 mars 1785. Cette note a été intercalée livre E, f.° 24, doit.	129	9	4
	Il n'est pas porté sur les cotes de Raffaneau.			
	LEFIÈVRE, plâtrier. Livre E, f.° 97, 16 septembre, au 28 octobre 1784, doit.	317	"	"
	HENRY, f.° 312 et 313, livre E. du 8 juin au 23 juillet 1785 doit.	582	8	4
	LEVERRIER, marchand de fer. Livre E., f.° 249, 12 juillet 1784, doit.	113	19	3
	On a omis d'ajouter au compte de Lefièvre, plâtrier la somme ci-après.			
	Livre E, f.° 239, doit Lefièvre. . . .	296	12	"
	Total à reporter	213672	19	3

D'autre part . . . . . . 213672 l. 19 s. 3 d.

Les sommes identiques reçues par les sieurs Crucy frères, grand-livre CF., et portées par duplicata, comme reçues par le sieur Crucy père, s'élèvent à la somme de. 6132 4 3

219805 3 3

Le montant des débiteurs en compte courant, déduction faite de ceux portés dans la cession, commençant par Bernachez, et finissant par Sauvaget, s'élève, d'après les notes de Raffaneau, et d'après les divers grands-livres C, D et E, communiqués par les sieurs Crucy, à la somme de 219805 l. 3 s. 3 d. — Nota. Les sommes portées dans les comptes de 1813 et 1830, postérieurement au 16 juin 1785, ont été également soustraites par la raison qu'elles n'étaient pas comprises dans l'inventaire du 15 juin.

CESSION.

Débiteurs en compte courant.

Le total des débiteurs en compte courant est de. . . . . 187018 l 17 s 6 d.

Le sieur Crucy père reconnaît avoir reçu la somme de 22093 liv. 8 s. 1 d. Elle est soustraite dans ladite cession du capital des débiteurs, ci 22093 8 1

Ce qui réduit ce capital à 164925 9 5

Qui pourrait, d'après un acte aussi authentique, d'après un acte qui devait, (suivant le mémoire du sieur Raffaneau, f.° 5) *présenter aux enfants leurs espérances*, croire que cette somme, insérée dans cet acte, était un faux matériel, et que si le sieur Crucy père l'avait reçue, elle était ensuite venue se confondre avec l'actif des sieurs Crucy?

Il est à observer que ces sommes furent reçues depuis le 16 juin, époque rétrograde de la signature de la cession, et à laquelle les sieurs Crucy prirent les affaires pour leur compte particulier.

Le livret tenu par M.me Crucy en sera non-seulement la preuve, le grand-livre CF. ouvert le 16 juin 1785 viendra encore confirmer que la somme n'a pas été retenue par les sieurs et dame Crucy, mais encore rendre positive et affirmative l'assertion des experts dans leur travail, f.° 63, du 5 décembre 1830, *que M.me Crucy, à partir du 16 juin jusqu'au 6 septembre 1785, n'était que le caissier de la maison Crucy.*

Les sommes reçues par le sieur Crucy père et consignées dans l'acte de cession, ont été également, d'après le livret tenu par M.me Crucy mère, reçues par elle, à partir du 16 juin jusqu'au 6 septembre 1785.

16 juin 1785,	reçu de M.me V.e Hervé pour solde. . .	132 l.	1 s.
17 juin	reçu de Roucher.	33	"
24 août	reçu de Cornet.	276	12
4 sept.	reçu de Naud Pierre.	154	2

Grand-livre CF ouvert au compte des sieurs Crucy, le 16 juin 1785. Par caisse, pour autant que Cornet a compté pour solde, le 24 août 1785, 276 l 12 s " d

Grand-livre CF, Hervé, 16 juin 1785, pour autant qu'il a compté ledit jour pour solde de bois livrés pour son compte, ci 133 liv.

M.me Crucy n'a reçu que 132 liv.

Naud Pierre, grand-livre CF, 4 septembre 1785, reçu pour solde de son compte, ci 154 l 1 s 5 d.

Roucher n'est pas porté au grand-livre CF.

On ne peut constater l'identité parfaite des sommes reçues par le sieur Crucy père et portées dans la cession. Voir Hervé, art. 5, etc., inscrit comme reçu par le père, pour la somme de 133 liv.

Roucher, 33 liv.

Cornet, 276 l. 12 s.

Naud Pierre, 122 l. 15 s. 4 d., au lieu de 154 l. 1 s. 5 d.

On voit, et d'après le livret de M.me Crucy, et d'après le grand-livre CF, que toutes les sommes reçues par le sieur Crucy ont dû être versées entre les mains de M.me Crucy et de là reversées aux sieurs Crucy frères, ce qui est démontré par le grand-livre CF. D'après ce fait, nous reporterons à notre compte le montant des sommes consignées, soit au livret de M.me Crucy mère, soit au grand-livre CF, ne pouvant regarder comme débet et reçu des sommes passées en balance de compte, ainsi que celles qui n'ont pas été reçues et celles qui n'étaient pas dûes.

Sommes portées dans la Cession comme ayant été reçues par le sieur Crucy père, reçues par M.me Crucy mère, d'après son livret de recettes communiquées par les sieurs Crucy, et consignées ensuite dans le grand-livre CF, ouvert pour le compte des sieurs Crucy, le 16 juin 1785.

Livret de M.me Crucy mère, depuis le 15 juin jusqu'au 6 septembre 1785.

	l.	s.	d.
16 juin M.me V.e Hervé, reçu.	132	"	"
17 juin M. Roucher.	33	"	"
18 juin M. Fougère aîné.	46	16	"
22 juin et 4 juillet, reçu de M. Colas	202	15	"
A reporter	514	11	"

D'autre part	514[l]	11[s]	" [d]	
25 juin, Heritte	177	11	"	
26 juin, Coulon	356	5	"	
1.er juillet, hôtel Rosmadec	420	18	9	
3 juillet, Boëte, charpentier	80	18	"	
9 juillet, reçu de Laplace 135 l. 15s. 2d.	67	5	6	Il y a erreur dans la cession.
11 juillet, Dussuché	6	7	6	
12 juillet, de M.gr l'évêque de Nantes.	161	10	6	
17 juillet, de Philbert	219	7	4	
19 juillet, de M.me V.e Béranger . . .	525	2	10	
20 juillet, de M.lle Budan	296	"	"	
21 juillet, de Douillard	586	2	10	
25 juillet, de Bouvier jusqu'au 6 juin.	188	17	6	
28 juillet, de M. Dulac, 1000 l. Est porté dans la cession avoir payé 591 4s 6 d.				
1.er août, de Gautier.	2000	"	"	
19 août, de M.me Dibiesse	10	14	4	
19 août, de Bedoit et consorts. Cession 252 l. 13 s., sans date de recette.				
20 août, Livret de M.me Crucy. Bedoit et consorts.	489	18	"	
24 août, de Cornet, pour bois	276	12	"	
2 septembre, Briguenen, porté dans la cession, 1185 l. Le livret de M.me Crucy n'en fait aucune mention.				
4 septembre, de Pierre Naud	154	2	"	
TOTAL.	6132	4	3	

Fausses imputations dans la Cession.

Il y a eu les fausses imputations suivantes : 1.° Bernachez pour 2500 l. 15s. " d.
Une somme reçue par balance de compte et des billets et de l'argent donnés par suite de cette balance, ne peut pas être regardée comme une somme reçue, puisqu'elle se trouve confondue dans le réglement fait illico.

Briguenen ne paie que 600 l., au lieu de 1183 l. payées par lui, ci 1183 " "

A reporter 3360 14 2

D'autre part. . . . . 3360 l. 14 s 2 d.

Montaudoin, porté comme ayant payé 861 l. 14 s. 10 d., se trouve être porté dans le compte lui rendu en 1791 comme débiteur de ladite somme. 861 14 10

Mouton était créancier de 4988 l. 3 s. 2 d. au 20 août 1785, est porté par balance de compte au 15 juin 1785, dans l'inventaire dressé à cette époque d'une somme de. 468 14 6

Sauvaget est porté avoir payé, au 15 juin 1785, la somme de 9149 l comprise dans l'inventaire de pareille date. Aucune somme reçue de M. Sauvaget n'est inscrite sur le livret de M.me Crucy, du 15 juin au 6 sept. Nous voyons, grand-livre CF, que la première colonne du *doit* et *avoir* a été grattée, et qu'il n'existe au 16 juin 1785 aucun indice de paiement.

Aussi, dans la crainte d'errer, nous portons cette somme hors ligne, ci. 9149 8 9

Bedoit et consorts sont portés comme ayant payé 252 l 13 s, et ont, au contraire, payé, d'après le livret de M.me Crucy mère, le 20 août 1785, la somme de 489 l. 18 s. Nous portons également en ligne, ci 252 13 "

Dulac, porté 59 l. 4 s. 6, f.o 40 du livre de M.me Crucy, a payé, le 28 juillet 1785, ci 59 4 6

Guittard, porté 361 l. 11 s., a payé le 13 juillet 1785 la somme de 621 l. 1 s. 9 d.: la somme de 361 l. 11 s. 9 d. n'est donc pas exacte 361 11 9

Lefèvre, 11 août 1785, livret de M.me Crucy, reçu 194 l. 12 s. au lieu de 243 l. 7 s. 6 d. portés à la cession, ci. 243 7 6

Le résumé des sommes posititivement établies, soit dans le grand-livre CF, ouvert le 16 juin au profit des sieurs Crucy, soit sur le livret tenu par M.me Crucy mère, soit enfin reçues *d'après la cession*, par le sieur Crucy, père, prouve que, sur les 22093 l. 8 s. 1 d. soustraits des 187018 l. 17 s. 6 d., partie de l'actif, il s'en trouve de consigné sur le grand-livre CF. pour une somme d'environ six mille cinq cent quatre-vingt-dix francs.

Dans la cession, les sommes prétenduesreçues de *Bernachez*, par balance de compte, celles prétendues dûes par Mouton, qui était créancier au 20 août 1785 d'une somme de 4948 l., au lieu d'être débiteurs; enfin celles reçues de Montaudoin, à qui il était dû pour son quart dans la forêt de Valles, et auquel on n'avait alors rendu aucun compte, ne pouvaient être regardées reçues par le sieur Crucy père, et ne l'ont pas été en effet.

Les sieurs Crucy avaient sans doute établi ces sommes dans la cession pour en obtenir une plus grande part.

L'inventaire du 15 juin 1785, dressé par Raffaneau ; le livre des mémoires, le livre de caisse tenu par Raffaneau, depuis le 15 avril 1785 jusqu'au 15 juin, ne sont pas fournis par les sieurs Crucy, par une raison plausible : celle que, par ces actes, leurs fourberies et leurs dols seraient bien plus exactement et plus positivement mis à découvert.

Le montant du compte d'autre part est de.	219805 l.	3 s.	3 d.
Journal A, contremarqué CF, f.° 369, du 5 novembre 1790. Caisse doit 1015 l. aux héritiers Crucy, pour autant. Reçu de M. Thébaud procureur des eaux et forêts, pour la remise qu'il nous a faite en assignats, n.° 27751. Voyez le livre de caisse, intérêts compris.	1015	"	"
Total	220820	3	3
Cette somme est encore une de celles omises par les sieurs Crucy.			
Le tout est pour leur avantage particulier et non pour celui de leurs cohéritiers.			
Il résulte de ce compte que les sieurs Crucy se sont emparés à notre préjudice, de toute la différence qui existe entre la somme ci-dessus et celle de.	164925	9	5
Différence ou recharge.	55894	13	10

QUATRIÈME ARTICLE DE LA CHARGE.

Compte des Débiteurs divers.

Les adversaires composent ce chapitre d'une somme de, ci . .	16715	12	6
Se renfermant dans les termes de la cession, ils sont arrivés à ce résultat en faisant la soustraction de sommes que le père Crucy est déclaré avoir reçues, et qu'il n'a réellement pas touchées. Nous avons déjà prouvé et les experts, au f.° 63 de leur rapport, ont reconnu que les sommes reçues par M.me Crucy mère et portées sur le carnet de caisse qu'elle tenait, n'avaient nullement été reçues par les cessionnaires. Nous rechargeons donc de toutes les sommes énoncées dans la cession avoir été reçues par le père, tandis que			
A reporter	16715	12	6

D'autre part	16715 l. 12 s. 6 d.
c'était la mère qui les recevait, et nos adversaires qui én profitaient. Ces sommes se sont élevées à.	2416 " "
(Pour se convaincre de la réalité de nos maintiens, il faut comparer la cession et le carnet de caisse de M.me Crucy notamment aux 17 et 22 juin, 4, 13, 17 juillet, 11 août 1785. Les sommes reçues à ces dates par M.me Crucy mère sont les mêmes que celles énoncées dans la cession avoir été reçues par le père.)	
Un second article de recharge sur le compte se composera d'une somme dûe par Mouton de Paris, pour des buis qu'il a vendus en 1784, et qu'il a payés aux cessionnaires le 30 nov. 1786; suivant son compte, n.o 6, cette somme est de	8772 " "
TOTAL des sommes réellement dûes pour cet article de la charge.	27903 12 6

CINQUIÈME ARTICLE DE LA CHARGE.

Compte des débiteurs douteux.

Les sieurs Crucỳ n'ayant jamais produit l'inventaire dù 15 juin, ont déclaré comme étant rentrée la somme qu'il leur a plu de désigner; ils se sont abstenus en effet de produire les pièces à l'appui et les livres de caisse sur lesquels ces sommes étaient inscrites.	
Nous adoptons donc, d'après notre mémoire, f.o 157, et sous toutes réserves, le résultat présenté par les sieurs Crucy, sauf les deux additions suivantes: l'une relative à Bourmaud, et l'autre à un billet rentré, ci.	12016 5 "
Article relevé sur les registres de comptabilité de la faillite Bourmaud, déposés aux mains de M.me Berneval, et par suite rechargé de.	3168 " "
Livre A, contremarqué CF., f.o 154 du journal de 1786, un billet de Bouvier et Saladin, de 2400 l., rejeté de l'actif, est rentré à cette époque. Nous le portons en recharge.	2400 " "
TOTAL.	17584 5 "

SIXIÈME ARTICLE DE LA CHARGE.

Sommes reçues pour loyers, en dehors de la Cession.

Les sieurs Crucy conservent encore dans cet article leur système de soustraction, et, oubliant le partage des biens des sieurs et dame Crucy fait juridiquement en 1788, ils ont trouvé convenable de ne porter qu'à 4330 l., ce qui eût dû être à leur charge pour une somme de 12679 l. 10 s, attendu que le revenu étant de 6339 l., le montant, pour deux années, pendant lesquelles ils ont touché les revenus, était de, ci. . . . . 12679 l. 10 s. " d.

En effet, Mme Crucy décédée au mois de janvier 1787, les sieurs Crucy étaient comptables des deux termes de S. Jean et de Noël 1787, et des deux autres termes de 1788.

SEPTIÈME ARTICLE DE LA CHARGE.

Crédits omis dans les comptes courants, d'après l'avis arbitral déposé au tribunal civil de Nantes, le 5 décembre 1820.

	l.	s.	d.			
Chauveau.	6512	"	"			
Le Ray de St-Georges.	1022	"	"	7360	13	8
Petit, marchand de bois.	300	"	"			
M. Trevin	555	13	8			

Le paiement fait au 12 avril 1285, pour complément du 3.e terme des bois de haute-futaie, eut lieu, et au certificat de 6419 l. 10 s., payé par Mouton à M. de St-James.

Ce certificat, qui fut délivré à Brest, le 30 novembre 1784, ne fut donné à M. de St-James que le 24 février 1785.

D'où l'on doit conclure, et avec raison, que tous les certificats de 1785, déduction faite de ceux inscrits dans le compte rendu par les sieurs Crucy aux héritiers Montaudouin, sont une propriété commune à tous les héritiers Crucy.

Nous allons successivement les énumérer conformément à l'extrait du dépôt des archives et chartes du ministère de la marine, en date du 17 avril 1820, que nous joignons comme pièce à l'appui.

A reporter 20040 3 8

D'autre part					20040 l. 3 s. 8 d.
1785 mars 31, pour bois livrés en mars . . .	8777 l.	19 s.	9 d.		
— mai 31	10088	18	„		
— août 31.	17065	3	6		
— septembre 30	8766	14	9		
— octobre 31.	8507	18	9		
— novembre 30	27537	10	9		
TOTAL.	80744	5	6		

Déduisant du compte de la deuxième exploitation de la forêt de Valles, qui a servi de base au jugement arbitral, homologué par le tribunal de commerce de Nantes, le   la somme de 42988 l. 6 s. 4 d. pour fourniture de bois à Brest, du 19 septembre au 30 décembre 1785, ci 42988 l. 6 s. 4 d.

Reste. 37760 18 7

Nous adoptons la base établie par les sieurs Crucy, dans le compte qu'ils ont dressé pour la forêt de Valles, n.° 10, et nous disons : si 21220 l. 14 s., faux frais déduits, produisent net 16497 l. 15 s. 4 d., combien 37760 l. 18 s. 7 d. donneront-ils, net? Nous avons obtenu pour résultat, ci. . . . . 28786 l. 15 s. „ d.

Soustrayant de cette somme le quart de M. Montaudouin, ci. 7196 13 9

Reste net 21590 1 3

Reste net à porter en recharge, ci. 21590 1 3

Les sieurs Peccot, f.° 148 de leur mémoire signifié aux sieurs Crucy, avaient porté en recharge une somme de 20000 liv., en attendant la représentation des écritures qui constataient, d'après le livre de caisse, si les fonds déclarés dans la cession comme ayant été reçus par le sieur Crucy père, étaient entrés dans le commerce des cessionnaires.

Les sieurs Crucy ont fait, il est vrai, abnégation de produire le livre de caisse. Mais le grand-livre des cessionnaires coté CF., sur lequel la majeure partie de ces sommes est inscrite; le livret de M.me Crucy, sur lequel elles le sont également; l'affirmation de MM. les arbitres, f.° 63 de leur rapport, que M.me Crucy, depuis le 16 juin jusqu'au 6 septembre 1785, n'était que le caissier de la maison des Sieurs Crucy, sont des preuves plus que suffisantes de cette soustraction des cessionnaires. *A reporter*. 41630 4 11

D'autre part.	41630 l. 4 s. 11 d.
Nous abandonnerons cette partie de notre recharge, attendu qu'elle a été reportée à l'article des débiteurs en comptes courants.	
Ni les sieurs Crucy, dans leur compte de 1830, ni les arbitres, dans celui de 1820, ne font état du mobilier des sieurs et dame Crucy : nous rechargeons les cessionnaires de la somme de 6000 l., prix des objets qui le composaient, sans préjudice de la représentation de l'acte qui est exigé par nous, ci.	6000 " "

Folio 89 *du mémoire signifié en* 1789 *par les sieurs Crucy aux sieurs Peccot.*

CONCLUSIONS.

ART. 6. Les sieurs Peccot et Cheguillaume seront condamnés à rapporter la dot de leur épouse, montant à 2000 liv. ave les intérêts.	
Les sieurs Mathurin et Louis Crucy ont reçu chacun, par contrat de mariage, au rapport d'Alain, notaire, une somme de 20000 liv. provenant de la succession de feu leur père.	
Me Lavallée, notaire, est dépositaire de cet acte, que nous n'avons pu obtenir des sieurs Crucy, malgré les sommations réitérées qui leur ont été faites.	
Le sieur Peccot reçut en dot une somme de 2000 liv. et les sieurs Mathurin et Louis Crucy chacun 20000 liv. Déduisant de chacune des deux sommes celle de 2000 l., il restera à porter, ci.	36000 " "
Journal B. communiqué, f.° 31, année 1790, Mouton doit à Caisse 3739 l. 15 s. pour montant de l'article ci-après.	
Pour autant qu'il a reçu pour notre compte des sieurs Lot, Auger, Lecomte et Hérouard, marchand de flûtes à la Coutûre, à compte de 3739 l. 15 s., pour produit de vente et livraison de buis, 46749 liv. net, à 80 l. le o/o, ci	3739 15 "
Les sieurs Crucy portent à l'article des dettes non comprises dans la cession, une somme de 41 l. 10 s. pour ferme d'un hangar.	
Nous voyons dans le compte de Mouton, n.° 6, au 18 mars 1786, payé le dernier terme du loyer de l'hangar à Choisi, 41 l. 10 s.	
Il existait donc à cette époque des buis en dépôt dans cet hangar, ils existaient donc à l'époque de la cession, le fait ci-dessus en est la preuve.	
A reporter.	87370 9 11

D'autre part	87370 l	9 s	11 d
Le sieur Peccot père remboursa, le 18 septembre 1784, un contrat du 17 août 1773, de 2300 liv., consenti par les sieurs Crucy et Peccot au profit du sieur Guérin, et rapporté par MM. Défrondat et Fresnel, notaires à Nantes, dont moitié pour la succession.	1150	"	"
Plus, 102 liv. pour intérêts, dont moitié pour *idem*.	51	"	"
Cette somme n'a été portée dans aucun réglement entre les sieurs Crucy et Peccot, c'est pourquoi nous l'avons portée en recharge.			
Il était dû à Peccot, par M.me Crucy, pour devis de la salle de spectacle, pour ferme de l'église de Rennes et de Redon, etc., une somme de 2340 liv. que nous portons en recharge, parce qu'elle n'a pas été soldée, ci.	2340	"	"
TOTAL.	90911	9	11

CHAPITRE TROISIÈME.

Passif de la Cession.

Entièrement occupés, avant le dernier arrêt de la Cour, à prouver que la cession devait être annulée pour fraude, nous avions négligé de jeter un regard attentif sur les comptes rendus par nos adversaires.

Nous allons aujourd'hui, que le jour de la vérité est à la fin venu, établir dans toute leur nudité les divers comptes qui nous ont été fournis, en suivant celui de 1830, et prouvant qu'il en est du passif comme de l'actif, c'est-à-dire, que l'erreur et la fraude percent de toutes parts.

Arrêtons-nous cependant sur un fait :

En 1830, MM. Hardouin, Laënnec et Marion donnèrent leur avis sur les comptes établis par MM. Crucy ; il est reconnu que nous ne leur avons fourni aucun document ; que nous avons été entièrement étrangers à l'examen qu'en firent les experts, qui n'opérèrent que sur ceux produits par nos adversaires. Cependant le passif qui, dans leur compte signifié en 1831, était porté à 208,000 liv. fut réduit par les experts à 190,911 liv.

Les rendant compte ont trouvé depuis cette époque le moyen de recharger cette dernière somme d'un nouveau passif de 72,000 liv. Justifient-ils cette recharge ? Nullement ; mais peu leur importe. Leur but est d'obscurcir les comptes à rendre ; leur moyen, de poser des chiffres sans s'inquiéter s'ils représentent les sommes réellement dues.

Quatre comptes des successions de nos auteurs communs ont été dressés jusqu'à ce jour. Ils devraient tous être semblables, si nos adversaires avaient agi loyalement ; mais leur rapprochement va prouver qu'il n'en a point été ainsi.

Le compte établi dans la cession indique qu'en 1785, l'actif était de	384012 liv.,	le passif de 150271 liv.
Le compte signifié par nos adversaires en 1813, porte l'actif à.	341248	le passif à 208000
Le compte dressé par les experts en 1820, porte l'actif à	380401	le passif à 190911
Enfin le compte signifié en 1830, porte l'actif à.	426955	le passif à 251287

Mais ce n'est pas tout, car, ainsi que nous le prouverons plus tard, les sieurs Crucy ont encore augmenté ce dernier passif d'une somme de 12000 liv., qu'ils ont essayé de masquer par une compensation, croyant qu'elle passerait inaperçue : ce qui porte en réalité le passif à 263287 liv.

Il résulte du rapprochement de tous ces comptes que, chose incroyable ! nos adversaires s'étaient trompés en 1785 d'une somme de 113000 liv. sur une somme totale du passif de 150271 liv., présentée par la cession. Quelle confiance les comptes fournis par nos adversaires peuvent-ils donc inspirer, lorsqu'on voit que *seuls possesseurs* de tous les livres, pièces et documents dépendants de la succession de nos auteurs communs, ils changent ainsi à volonté le chiffre de leurs comptes, sans que cependant de nouveaux documents leur soient parvenus ? Comment surtout avoir aucune foi en leurs assertions, lorsqu'il sera reconnu, ainsi que nous allons le prouver plus bas, qu'au lieu de se monter à la somme de 263,000 liv., le chiffre du passif doit-être bien inférieur à celui énoncé dans la cession ?

Comment croire que ce soit après quarante-six ans de discussion, après d'aussi nombreuses vérifications faites, tant par nos adversaires, que par des tiers (Raffaneau en 1785, voyez le f.° 6 de son mémoire, et les experts, en 1820.) que les sieurs Crucy trouvent, comme par hasard, la somme énorme de 113000 liv. oubliée au passif ? Nous ne saurions trop le répéter, un tel fait serait inconcevable, s'il n'émanait d'un de nos adversaires qui, *habitué depuis long-temps* à faire des comptes, et convaincu de la fausseté de ceux qu'il présente, s'efforce néanmoins en les composant, d'entasser chiffre sur chiffre, afin de tromper, s'il lui est possible, ses adversaires et la justice elle-même, par le travail rebutant qu'il sait leur occasionner.

Nous, qui depuis plus de quarante-cinq ans demandons des comptes et des pièces à l'appui, sans que jamais celles que nous demandons nous aient été fournies, nous allons, en suivant le compte de 1830 article par article, prouver que non-seulement le passif de ce dernier compte est surchargé, mais encore que celui porté à la cession est également erronné.

ARTICLE PREMIER DE LA DÉCHARGE.

1.° Les sieurs Crucy établissent la suppression des 7000 liv. dûes à leurs héritiers sur l'opposition à l'abattis des arbres de Gèvres, mise par M. Lecomte de Bon-Amour, le 25 février 1785. Les sieurs Crucy ne présentent aucune pièce à cet égard, pas même le procès-verbal en vertu duquel la cession fut chargée de cette somme.

Nous rejetons cette décharge, motivée sur ce qu'on travaillait à Gèvres postérieurement à cette époque. Voici le livret de M.me Crucy, f.° 17, mars 18 : Payé pour la taille des bois de Gèvres, 550 liv. — 18 mars, pour le pré de Gèvres, 108 liv. — Avril 6, f.o 19, payé à six charretiers de Gèvres, 34 liv. 10 s. — Avril 25, f.o 19, à la fille de Gèvres, 60 liv. des lettres et billets à recevoir f.o 91, en un billet du 12 juin 1785, de 52 liv., consenti par Palierne à Favriat, commis de Gèvres. Tous ces faits prouvent qu'il n'avait été fait par les sieurs Crucy aucun état à l'opposition ci-dessus relatée.

2.o Relativement aux bois de Goulaine, les sieurs Crucy ne présentant ni l'original de l'inventaire des bois de 1785, ni aucun appui des 1460 liv. dont ils demandent la décharge, nous la rejetons, jusqu'à la présentation des pièces.

3.o Sur les 30011 liv. 7 s. 2 d. des bois de la forêt de Valles, au chantier prairie de la Magdelaine, il est à observer que les sieurs Crucy n'ont pas lu le f.o 18 de l'avis arbitral du 5 décembre 1820. « Il est probable que les père et mère ont eu égard à ces circon- » stances, et qu'ils ont fait sur l'estimation des experts la déduction du quart de » M. Montaudouin. »

Les sieurs Crucy, d'après un fait aussi positif, n'auraient pas dû revendiquer une somme rejetée par les arbitres.

Les sieurs Crucy ont établi un long article pour contrebalancer une somme de 12,000 liv. avec les trois articles ci-dessus, par ce moyen ils réduisent à 60,000 liv. le passif qui, sans leur soustraction, se serait élevé à plus de 72,000 liv.

Ces Messieurs s'étaient sans doute persuadés que cette soustraction resterait inaperçue, et qu'on ne ferait attention qu'à l'énorme surcharge de 60,000 liv. sur le compte établi en 1820 par MM. les arbitres.

DEUXIÈME ARTICLE DE LA DÉCHARGE.

Ce deuxième article se compose des billets Fourcade et Perrier, non rentrés, d'après les cessionnaires.

Le billet Fourcade fut donné à la maison Crucy par Courroucé, à compte de paiement. Le recours en cas de non paiement était de droit vers Courroucé. Les comptes de Courroucé n'en font aucune mention. Donc cette somme fut payée avant son réglement de compte, puisqu'elle n'y a pas été reportée. Par ce motif, rejet.

Perrier emprunta de M.me Crucy cette somme : il n'est pas croyable qu'elle n'ait pas été payée. Avant de faire droit à cette demande, nous exigeons la représentation des billets Fourcade et Perrier revêtus des formalités judiciaires. Jusques là, rejet.

TROISIÈME ARTICLE DE LA DÉCHARGE.

Les débiteurs par comptes courants, au 3.e article de la charge, sont portés pour une somme de 164925 l. 9 s. 5 d.

1.° Suivant l'état, n.° 3, il est indiqué restant à rentrer pour la forêt de Valles, net du quart de M. Montaudouin	10998 l. 9 s. " d.
2.° Pour les débiteurs à la succession.	18113 7 8
TOTAL.	29116 16 8

Suivant le compte des sieurs Crucy, n.° 3, le sieur Courroucé doit, défalcation faite du quart de M. Montaudouin, la somme de 6300 liv.

Nous trouvons, journal B. communiqué, f.° 14, en 1791 juin 26 : Doivent Courroucé et femme, 4669 l. 17 s. 9 d., pour montant des articles ci-après, conformément au compte arrêté en double sous nos seings. A bois divers, 4419 l. 9 s. 9 d. pour montant de ceux vendus de différentes marques; à profits et pertes, pour retard aux trois effets, leur billets qu'ils nous ont consentis pour solde de tout compte jusqu'à ce jour.

Est-il vraisemblable que les sieurs Crucy, qui n'ignorent pas ce réglement et ceux antérieurement faits par eux avec Courroucé, continuent dans leur compte de 1830 des soustractions faites antécédemment? Leur but est de diminuer d'autant le dividende qu'ils doivent aux héritiers Peccot ; mais ils n'y parviendront pas, malgré leurs détours.

Et comme, d'après le journal précité, Courroucé ne devait rien en 1791, à plus forte raison en 1830. Nous rejetons cette prétendue non rentrée.

Caterneau ne devait que 4698 liv. portées au compte n.° 3 comme non rentrées.

Extrait de l'avis arbitral du 5 décembre 1820.

« Le compte signifié porte comme non rentrées sur le compte de Caterneau » 2800 liv. Dans le compte non signé, les cessionnaires prennent charge du montant » intégral de cette créance : il est cependant certain que sur ladite créance les cession- » naires ont perdu. »

Le compte de 1820 excède le débit de Caterneau de 1159 liv.

Lesdits arbitres ajoutent qu'il paraît convenable, au compte des sommes non rentrées, d'ajouter la somme de 4392 liv. 15 s, 6 d., tandis qu'il n'y avait à porter en déduction du quart de M. Montaudouin que 3548 liv. 10 s.; ce fait est, il est vrai, peu important.

Les arbitres, dépourvus de toute pièce à l'appui des prétentions, déclarent convenables de porter au compte de la succession une somme qui est encore inexacte. Cette décision n'est pas de la justice la plus sévère. Nous aussi nous ne passons pas condamnation à son sujet, et nous maintenons qu'il était dû indépendamment des 36000 liv. pour achat des bois de Poilgeline, une somme de 4 à 5000 liv. pour perte de bois et sauvetage des trains conduits par Caterneau de Château-Gontier à Nantes. Les sieurs Crucy ayant soustrait cette créance, nous n'allouerons les 3548 liv. 10 s. qu'autant que les sieurs Crucy fourniront le réglement de compte de Caterneau. Jusques là, rejet.

Les sieurs Crucy portent comme non rentrée une autre somme de 18113 l. 7s. 8d.

Le sieur Peccot père figure, tant dans l'article de la forêt de Valles que dans celui des débiteurs à la succession, pour une somme de 15078 l. 8 s. 5 d.

Nous ferons à cet égard une observation que nous croyons juste et inattaquable.

Les sieurs Crucy connaissaient en 1785 le compte arrêté entr'eux et le sieur Peccot, il est signé Louis Crucy, et a la date du 26 octobre 1785.

Nous ne ferons aucun état des motifs qui les ont dirigés à tenir une semblable conduite; nous observerons seulement qu'il est extraordinaire qu'en 1830, leur compte se trouve encore chargé d'une pareille somme.

Sans entrer dans de plus longs détails, nous nous en référons au développement que nous avons donné à cet égard dans notre mémoire signifié aux sieurs Crucy.

Nous ajouterons seulement que la succession doit aux héritiers Peccot une somme de 1200 l. et plus pour remboursement d'un contrat de 1771, plus amplement relaté à l'article des recharges faites par nous. Que le sieur Mathurin Crucy nous doit également pour rédaction de devis et estimations une somme de 2340.

Compte des débiteurs de même nature. Rocheteau, 993 liv, portées comme non rentrées. Le défaut de production des pièces à l'appui nous empêche de vérifier cette assertion. Nous avons sommé les sieurs Crucy de fournir leurs livres de caisse, journaux, livre de mémoires, sans avoir pu obtenir d'eux aucune de ces pièces. D'après ces motifs, nous rejetons, jusqu'à présentation des titres qui constatent la non rentrée de ce débet.

Ainsi qu'il est mentionné au passif de la cession, le quart de 22600 l., sur la créance de Courroucé dû à M. Mantaudouin, 5650 l. Cette somme est 1.° inexacte parce que Courroucé avait payé, l'année 1785, à 200 l. près. Voir son réglement en 1789. Courroucé ne devait, pour six termes, du mois de juin 1785 à 1791, à 2800 l. chaque, que 16400 liv., plus 200 l. arriéré; ensemble, 16600 liv., dont la quart était de 4150 liv.; différence 1400 liv.

Les sieurs Crucy sont cessionnaires en 1784. Les bois de haute futaie et tailles de la forêt de Valles, sur marchés passés entre Caterneau et Courroucé, deviennent leurs propriétés. Ce fait est incontestable, et il en résulte donc que Courroucé et Caterneau deviennent obligés envers ces cessionnaires, et non envers la maison. Or les sieurs Crucy étant seuls comptables, ne pouvaient faire figurer dans le compte de 1830 les créances de ces derniers. Il est donc évident que ces sommes, portées dans la cession, au compte des sieurs Courroucé et Caterneau, étaient particulières aux sieurs Crucy, en leur qualité de cessionnaires; qu'elles ont figuré indûment dans le compte de 1830. D'après ces motifs, nous les rejetons.

Les sieurs Crucy ont touché la somme de 22093 liv., que la cession déclare avoir été remise par le sieur Crucy père.

Les sieurs Crucy réclament aujourd'hui, sans aucun titre ni livres à l'appui, une somme de 455 l. formant le quart de M. Montaudouin, dans une somme de 1823 l. faisant partie des 22093 l. ci-dessus énoncées. Il est réellement extraordinaire qu'après un laps de quarante-six années, les sieurs Crucy portent une somme de 455 l. qui ne fut pas déduite par eux à l'époque de l'inventaire du 15 juin. Comme pareil fait n'est pas croyable, nous demanderons aux sieurs Crucy la représentation des livres, journaux et livre de caisse à l'appui de ce fait. Jusques là, rejet.

QUATRIÈME ARTICLE DE LA DÉCHARGE.

Nous avons adopté à l'égard des débiteurs divers l'avis arbitral, toute fois en y ajoutant les 2416 l. qui, au lieu d'être touchées par le sieur Crucy père, ainsi que l'énonce l'acte de cession, l'ont été réellement par les cessionnaires.

Ceux-ci maintenant déclarent, sans aucune production de pièces, que 3088 l. 5 s. ne sont pas rentrés. Nous y adhérons, et les portons au passif de la succession, avec réserve de rétablir à l'actif toutes et telles sommes qui seraient rentrées par suite des communications qui pourraient nous être faites, ci . . . 3088 l, 5 s. „ d.

Quant aux 370 l. 7 s. 8 d., pour compte du quart de M. Montaudouin, nous n'en ferons aucune allocation jusqu'à production des livres et pièces à l'appui. Jusques là, rejet.

CINQUIÈME ARTICLE DE LA DÉCHARGE.

Conformément au passif stipulé à l'acte de cession, et suivant détail à l'état n.° 8, on trouve qu'il était dû par la succession, savoir : à M. d'Autichamp, net des paiements faits par le sieur Crucy père, la somme de 34670 l. 2 s. 5 d.

Nous joignons au présent les deux états des paiements faits suivant les sieurs Crucy, par Mouton, l'un à M. d'Autichamp, et l'autre établi par les sieurs Peccot, d'après les comptes de Mouton, communiqué par les sieurs Crucy, et les paiements faits à M. de Saint-James, conformes aux dates desdits comptes.

A reporter à la page 90. . . . . . . 3088 5 „

COMPTE DE M. LE M.is D'AUTICHAMP AVEC LES S.rs CRUCY,

Constatant que les bois de haute futaie avaient été vendus par lui 230,000 livres.

***ÉTAT** des sommes remises à M. le M.is d'Autichamp par Mouton, de Paris, banquier des sieurs Crucy, conformément au compte dressé par ces derniers.*

Suivant le compte N.° 2 de Mouton, ce certificat fut délivré à M. de Saint-James le 8 janvier 1783, il était de 21,2[illegible]0 l. 15 s.

Le compte N.° 2 de Mouton ne mentionne aucune somme payée à Saint-James le 20 juin. Cette remise est erronnée.

Rien ne motive cet intérêt spécifié pour 9 mois et 22 jours. S'il était dû, il ne formait pas le complément du capital, et devait être porté hors ligne.

Les deux paiements des 20 juin et 20 juillet sont fictifs, 1.° parce qu'ils n'existent pas, soit en recette, soit en dépense sur le compte de Mouton, n.° 3; 2.° par un fait plus plausible, c'est que ce paiement avait été effectué par Mouton au 12 avril 1784, en 5 certificats formant ensemble net la somme de 75180 l.

1783 Avril 8, que M. Mouton lui a remis pour notre compte un certificat de Brest, montant net à.	16497 l. 15 s. 4 d.	51703 l. 15 s. 4 d.
Avril 14, en un effet sur Tourton et Baur, au 12 mai, de.	14000 » »	
En six effets sur divers, à Paris.	20306 » »	
Avril 28, payé pour notre compte, en argent, par Mouton, ci	900 » »	
20 Juin, que Mouton lui a remis, pour notre compte, un ordre Boutin, montant net à, ci.	2950 » »	3069 12 9
Plus, pour intérêts de cette somme calculés du 20 juin 1783 au 12 avril 1784, fait 9 mois 22 jours.	119 12 9	
1784 20 Juin, que M. Mouton lui a remis, pour notre compte, un ordre sur Boutin montant net à.		41948 16 1
— Juillet 20, que M. Mouton lui a remis, pour notre compte, un ordre sur Boutin, montant net à		41948 16 1
TOTAL.		138671 » 3

Aperçu qui présente les paiements faits jusqu'à ce jour, 6 septembre 1785, à M. le M.is d'Autichamp.

Le compte établi par les sieurs Crucy étant faux et erronné, ses conséquences sont donc les mêmes.

On lui devait, le 12 avril 1785, 57500 liv.

Que ledit Marquis d'Autichamp devait, pour solde de son compte courant arrêté le 20 juillet 1784, ci . . . . . 22344 l. 15 s 5 d.

A reporter. 22344 15 5

***ÉTAT** des sommes payées par **Mouton**, constatant que les bois de haute futaie avaient été vendus par **M. d'Autichamp**, **194000** liv.*

Relevé sur les comptes n.os 2, 3, 4 et 5, de Mouton de Paris, chargé de procuration de M. Crucy, pour effectuer, soit en certificats de fournitures faites à la marine royale, soit en argent, le paiement des 194000 liv. dûes à M. de S.t-James, fondé de procuration de M. d'Autichamp, pour vente de la forêt de Valles.

Compte n.° 2.

	l.	s.	d.	Total
1783 Janvier 8, payé à S.t-James en deux certificats de fournitures, suivant reçu, 21220 liv. 15 s., suivant les sieurs Crucy,	16497 l	15 s	4 d	57370 l 15 s 4 d
Avril 8, payé à S.t-James, suivant reçu, un certificat de fournitures de 7334 l. 3 s. 3 d. réduit net comme celui ci-dessus, à	5670	"	"	
Avril 15, payé à S.t-James, suivant son reçu, une traite de.	14000	"	"	
Avril 23, payé à S.t-James, en six traites sur divers.	20306	"	"	
Payé en argent.	900	"	"	

N.° 3.

	l.	s.	d.
1783 Mai 13, payé à S.t-James un certificat de fournitures de bois à compte et premier sur le paiement qui doit être fait le 12 avril 1784	3401	3	3
Juin 19, payé à S.t-James, deuxième à compte sur le paiement du 12 avril prochain.	6094	10	"
Septembre 20, payé à S.t-James, troisième à compte sur le paiement du 12 avril prochain	22200	15	6

N.° 4.

	l.	s.	d.
Octobre 20, à St-James, un certificat, suivant son reçu, de.	27314	18	6
1784 Février 25, payé à S.t-James, un certificat de	35592	2	6
	94603	9	9

	l.	s.	d.
D'autre part	22344	15	5
Qu'il doit pour 8 mois 20 jours d'intérêts de 22344 l. 15 s. 5 d., du 20 juillet 1784 au 12 avril 1785, à 5 pour o/o.	806	17	10
Qu'il a reçu, par les mains de M. Mouton, en six certificats, ci	57178	4	4
	80329	17	7
Que MM. Crucy sont en avance sur le dernier paiement qui échéra le 12 avril 1786, de. . .	22829	17	7
	57600	"	"

On ne peut tenir compte de l'intérêt d'une somme fictive.

Mouton ne paya pas M. de Saint-James en 6 certificats, mais en quatre, dont le montant fut de 37900 l. net, au lieu de 57178 liv., portées dans le compte ci-dessus. Encore un faux.

D'après l'exposé ci-dessus, cette avance ne pouvait exister.

Ainsi, à l'époque du 12 avril 1786, MM. Crucy ne devront que la somme de. . 34670 l. 2 s. 5 d.
Déduction ainsi qu'il est dit ci-contre. 22829 17 7

57500 " "

Le compte étant faux, son résultat l'est donc également.

***BALANCE** des Paiements faits à M. le Marquis d'Autichamp, sur les bois de haute futaie de la forêt de Valles.*

DOIT.

	l.	s.	d.
Payé suivant le compte de l'autre part.	138671	"	3
Payé pour pots de vin et frais d'affiches. . .	12108	"	"
Qu'il doit pour intérêts dûs pour avances sur 22344 l. 15 s. 5 d., ci.	806	17	10
Payé à nouveau, en 6 certificats montant net à	57178	4	4
Montant de ce qui a été payé	208758	2	5
Q'il reste à payer pour solde	34670	2	5
	243428	4	10

AVOIR.

	l.	s.	d.
Prix principal. . .	230000	"	"
Pot de vin.	12000	"	"
Frais d'affiches. . .	102	"	"
Intérêts dûs pour retard.	1326	4	10
	243428	4	10

D'autre part. . .		57370 l. 15 s 4 d.	
Réduisant la somme de 94603 l. 9 s. 9 d., d'après la proportion qui a donné pour 21220 l. 15 s. un reste de 16497 l. 15 s. 4 d., nous trouvons pour produit net, ci.		73180 " "	

SUITE DU COMPTE N.° 4, DE MOUTON.

1784 Octobre 20, payé à S.t-James, deux certificats de fournitures, ensemble. . . .	16145 l 11 s 9 d	
Décembre 14, payé à S.t-James, un certificat de.	26438 8 6	

N.° 5.

1785 5 février, à S.t-James, un certificat de fournitures de bois, suivant sa reconnaissance de.	6419 10 9	
	49003 11 "	
Ces 49003 liv. 11 s. ont produit net, d'après la proportion établie plus haut.		39700 " "
TOTAL.		170250 15 4
Les trois paiements faits au 12 avril 1785, par Mouton, à M. de S.t-James, étant de.		170270 15 4
Nous en soustrairons les 3/4 des 194000, prix d'achat, qui sont ensemble de		145500 " «
Reste		24750 15 4

La maison Crucy étant donc en avance, au 12 avril 1785, envers M. d'Autichamp, d'une somme de 24750 liv. au lieu de 22344 l. 15 s. 4 d. énoncés par Mouton, dans sa lettre du 20 octobre 1786, au dos de son compte, n.° 6.

Il sera facile de prouver que l'achat de la forêt de Valles porté par les sieurs Crucy à 230000 liv. est une fiction de compte établie par eux pour diminuer d'autant l'actif de la Cession.

Si la somme de 230000 liv., d'après les prétentions des sieurs Crucy, était l'achat réel des bois de haute futaie de la forêt de Valles, les comptes de Mouton, au 12 avril 1785, devaient se composer d'une somme de 194844 liv. 15 s. 4 d.

Observation. Qu'il a été payé, et à porter dans le compte de la Forêt, savoir :

	l.	s.	d.
Pour le 1.er terme échu le 12 avril 1783, ci. . . .	57500	"	"
Pour pot-de-vin et frais d'affiches, ci.	12105	"	"
Pour le 2.e terme échu le 12 avril 1784, ci.	57500	"	"
Pour les intérêts de retard, ci.	1326	4	10
Pour le 3.e terme échu le 12 avril 1785, ci. . .	57500	"	"
Qu'il a été payé de plus et dont on est en avance sur le paiement du 12 avril 1786, ci.	22829	17	7
	208758	2	5
Qu'il reste à payer pour le 12 avril 1786, ci. . . .	34670	2	5
Somme égale à celle ci-dessus, ci.	243458	4	10

***RÉFUTATION** du Compte présenté par les sieurs Crucy, à l'appui du débet de* 230000 *liv. pour achat des bois de haute futaie de la forêt de Valles.*

Les sieurs Crucy ont oublié de mentionner un certificat de 7334 l. 3 s. 3 d., donné en paiement, le 8 avril 1783, à M. de S.t-James. Cette somme substituée aux 3069 l. 12 s., qui ne sont que fictifs, puisque le compte de Mouton, à cette époque, n'eût pas également atteint les 57500 l. formant le quart des 230000 l.

En effet, si on ajoute aux 51703 l. 15 s. 4 d., conformes au compte de Mouton, les . . . . 5670 " ", net du certificat du 8 avril,

57373 15 4

on trouve une identité parfaite avec les paiements faits par Mouton, au 12 avril 1783.

Il y aurait au contraire une différence entre celui fait suivant le compte Mouton et le débet établi par les sieurs Crucy, de 127 l.

Le 2.e paiement fait d'après les sieurs Crucy, les 20 juin et 20 juillet, montant à 83897 l. 12 s., est encore supposé, puisque ce même paiement fut effectué par Mouton, en 6 certificats, sous la date des 13 mai, 19 juin, 20 septembre, 20 octobre 1783, et le dernier à la date du 25 février 1784, par 35592 l. 2 s. 6 d.

Le produit net desdits certificats, d'après les données des sieurs Crucy, fut de 73180 liv.

La différence entre 83897 liv. 12 s. et 73180 liv. étant de 11217 liv., il est évident qu'il y a sur la recette et la dépense de Mouton une surcharge d'autant, et que par conséquent le compte dressé par les sieurs Crucy est erroné et inadmissible. Il faut voir à cet égard les comptes de Mouton mis en regard, et juger de la vérité de l'allégation des sieurs Crucy.

Savoir : de 3 paiements de 57500 liv. chacun, formant ensemble	172500 l.	" s.	" d.
Plus, suivant la lettre de Mouton, du 20 octobre 1785, verso 3.e du compte n.° 6., d'une somme de 22344 l. 15 s. 4 d., dont la maison Crucy se trouvait en avance au 12 avril 1785, ci . . .	22344	15	4
TOTAL	194844	15	4

La somme reçue par Mouton à cette époque et versée à M. de S.t-James, n'étant que de 170250 liv., il n'existe donc pas de parité entre le compte établi par les sieurs Crucy et celui dressé par les sieurs Peccot, d'après les comptes communiqués de Mouton. Donc les 230000 liv. sont une fausse évaluation donnée aux bois de haute futaie de la forêt de Valles. En effet, les bois de haute futaie furent achetés par les sieurs Crucy 194000 liv.; voir le *sumptum* de vente. Le sieur Crucy offrit 194000 liv.; après cette offre, tous ses concurrents s'étant retirés, il signa.

Nous ne ferons aucun état de l'article additionnel par lequel il reconnaît ensuite qu'il paiera 230000 liv. pour ces mêmes bois.

Les paiements faits d'après cet acte, par Mouton, jusqu'au 12 avril 1785, seront encore la preuve d'une fausse assertion, et démontreront que l'achat réel n'était que de la somme de 194000 liv.

Mouton paya, au 12 avril 1785, à M. de S.t-James, en certificats et traites, une valeur nette de	170250 liv.
Les 3/4 de 194000 liv., prix d'achat, donnent une somme de. . .	145500
La soustraction donne pour reste .	24750

Les sieurs Crucy eussent été, d'après ce reste, en avance de 24750 liv., au lieu de 22344 l. 15 s. 4 d. établis par Mouton. Cette différence peut provenir d'une erreur commise par Mouton, qui n'avait pu donner une valeur positive concernant les avances du sieur Crucy envers M. de S.-James, puisque le compte avec ce dernier n'était pas définitivement arrêté.

Il n'en est pas moins vrai, malgré cette légère différence, que Mouton ayant payé à M. de S.t-James, au 12 avril 1785, une somme de 170250 liv. ne lui avait pas payé à la même époque celle de 194844 l. 15 s. 4 d.; qu'ainsi, il y a eu, pour les trois premiers paiemens des bois de haute futaie de la forêt de Valles, une surcharge de 24594 liv. qui aurait bénéficié aux sieurs Crucy au détriment de leurs cohéritiers, ainsi qu'elle a eu lieu à l'égard des héritiers Montaudoin, si les sieurs Peccot n'avaient pas découvert cette nouvelle fraude de la part des sieurs Crucy. D'après ces faits, trop évidents pour l'honneur de ceux-ci, qui, *du consentement de leur père avaient dressé leur inventaire sur les livres*, nous porterons en

Les sieurs Crucy, d'après leur compte, établissent qu'en 1784, ils étaient en avance envers M. d'Autichamp d'une somme de 22344 l. 15 s. 5 d. Il y a encore une disparité entre cette somme et le résultat de leur compte, puisque, d'après celui-ci, leur avance était de 22671 l., ce qui établit une différence de 1327 liv. en plus que la base qu'ils ont prise.

Les sieurs Crucy ajoutent encore une somme de 806 l. 12 s., pour intérêts des 22344 l. 15 s. 5 d.

Enfin, suivant ce même compte, Mouton paya à M. d'Autichamp, le 12 avril 1785, en six certificats, 57178 l. 4 s. 4 d.

Ce fait devrait être exact, puisqu'il est signé des sieurs Crucy; mais les comptes de Mouton, signés de lui et communiqués itérativement aux sieurs Peccot, vont encore prouver le contraire. En effet, dans les comptes de Mouton, n.os 4 et 5, depuis le 12 avril 1784 jusqu'au 12 avril 1785, il fut délivré par celui-ci à M. S.-James, quatre certificats; savoir : le 20 octobre 1784, 2 certificats; le 14 décembre, un, et le 5 février, un quatrième et dernier, montant à 6419 l. 10 s. Ces 4 certificats donnent un produit brut de 49003 liv., et celui net de 39700 liv. Il y a donc encore entre le compte des sieurs Crucy et celui dressé d'après Mouton, sur le prétendu troisième paiement, la modeste disparate de 17438 liv.

La différence qui existe entre les sommes versées par Mouton à M. de S.t-James, sont dans le premier paiement de. . . . . 5670 liv.
Dans le second, fait en 1784, de 11217
Dans le 3.me, du 12 avril 1785, de 17438

Excédant 34325

Cet excédant sur les sommes payées à M. de S.t-James est une preuve plus que suffisante de l'erreur du compte des sieurs Crucy, dans lequel ils établissent que la forêt de Valles avait coûté 230000, tandis que son acquisition n'était et ne pouvait être que de 194000 liv.

Les sieurs Crucy, ainsi que nous l'avions maintenu, f.os 148, 149 et 150 de notre mémoire, seront donc forcés, malgré eux, de convenir de ce fait prouvé par l'achat de la forêt de Valles, en date du 18 juin 1781; par les extraits du contrôle d'Angers, en date du 3 janvier 1786, et enfin par les pièces remises, en 1792, par Martin notaire, qui, au n.o 56, parle d'un *sumptum* de vente de 240000 liv.

Les développements donnés sur les erreurs commises dans le compte des sieurs Crucy, aux fins de prouver à leurs cohéritiers que la forêt de Valles avait coûté 230000 liv. au lieu de 194000 liv. sont plus que suffisants pour convaincre de l'injustice des prétentions des sieurs Crucy, et que cette surcharge d'une somme de 36000 n'avait été établie par eux, que dans le but de la soustraire à leurs cohéritiers.

avances, sur le quatrième et dernier des bois de haute-futaie, les 24750 liv., portées dans les comptes de Mouton en excédant du troisième terme.

Il restait à payer au 12 avril 1786, pour complément des 48500 liv., la somme de . . . . 23750 l. " s.

Mais M. Montaudouin, comme intéressé dans l'exploitation de cette forêt, devait tenir compte à la maison Crucy du quart de cette somme, qui est de 5937 10

Restait net à payer 17812 10

Le débet, suivant la cession, était, au 12 avril 1786, de . . . . . 34670 l. " s.

Déduisant de cette somme le quart de M. Montaudoin 8667 10

Restait à payer, suivant la cession 26002 10

Maintenant, si l'on déduit le débet réel qui, suivant les comptes de Mouton, était de 17812 10

Reste . . . . 8190 "

Ces 8190 liv. étaient donc une surcharge réelle faite dans la cession au détriment des cohéritiers des sieurs Crucy.

Cette soustraction resterait encore inaperçue, si un examen sérieux des comptes dudit Mouton, aux époques des paiements des 12 avril 1783, 1784 et 1785, confrontés avec ceux présentés par les sieurs Crucy, ne nous avait conduits à découvrir la vérité, qui nous était indiquée par les extraits en duplicata du contrôle d'Angers.

Nous allons énumérer celles qui existent dans la cession, et que nous avons découvertes:

1.° L'excédant ci-dessus sur le débet réel de la forêt de Valles, au 12 avril 1786 . . . . 8190 l.

2.° La soustraction de la somme de 24509 liv., reçue par le sieur Crucy père, et énumérée aux débiteurs en comptes courants, à divers. . 24509

3.° Les 8400 liv. reçues par M. Crucy père, qui sont portées au passif de la cession, sans être balancées à son actif 8400

41099

Ces 41099 liv. soustraites, les unes de l'actif, les autres ajoutées au passif de la cession, ont bénéficié aux sieurs Crucy, au détriment de leurs cohéritiers. Ces faits sont positifs, n'impliquent ni démenti, ni contradiction, et nous ne faisons aucun doute que le passif qui est inscrit dans la cession diminuerait encore, si les sieurs Crucy nous communiquaient les pièces tant de fois demandées par voie judiciaire, et, d'après ces jugements et arrêtés de la Cour royale de Rennes, desquels il leur a plu jusqu'à ce jour ne tenir aucun compte. On demande, d'après pareil fait, quel degré de confiance peuvent acquérir les 25000 liv. portées, dans le passif du compte rendu par les sieurs Crucy en 1830 ?

Report de la page 81 . . 3088 l. „ s. „ d.

Il convient donc, d'après les preuves apportées ci-dessus, relativement à la forêt de Valles, de ne porter à ce paiement du 4.me terme des bois de haute futaie que 17812 l. 10 s.
Plus, pour celui des tailles . . . . 12600 l. „ s.

TOTAL . . . . 30412 l. 10 s. 30412 10 „

Ce qui produit une différence en moins, de 8190 l. 6 s., non seulement dans l'acte de cession, mais encore dans celui de 1830, et prouve que si l'acte de cession était inexact, tous les comptes postérieurs établis par les sieurs Crucy, l'étaient également. Il faut le dire, les sieurs Crucy, autorisés par leur père à dresser leur inventaire sur les livres, n'ont pas porté dans leur compte la plus scrupuleuse exactitude. Ils ont pu commettre des erreurs; mais en 1830, après plus de quarante cinq années, surcharger encore de l'énorme somme de 73000 l., des comptes qui étaient déjà surchargés à l'époque de la cession, il faut l'avouer, de pareilles faits ne seraient pas croyables, s'ils n'étaient pas signés par les sieurs Crucy.

2.° A M. Rosmadec, pour les bois de Gèvres et de Goulaine, f.° 151 de notre mémoire.

M. Hardouin, qui, outre les journaux communiqués, a vu aussi les grands-livres, à partir du 16 juin 1785, n'a remarqué, dit-il, aucune trace de paiement de ce qui revenait à M. de Rosmadec : il pense qu'il conviendrait d'exiger les quittances. Nous les exigeons aussi ces quittances; et, jusqu'au vu des pièces justificatives des paiements, nous distrairons cet article du passif, ci 20700 l.

3.° Pour les lettres et billets à payer, net des déductions, nous observerons que les trois billets Aubin, de 3785 l., furent payées : le premier, le 28 février de 1785; le deuxième, dont l'échéance était au 28 août, fut payé le 30 mars, le troisième et dernier, le fut le 18 avril 1785; que le billet de Pichaud, de 234 l., fut aussi payé le 27 avril 1785.

Ces billets ont été portés dans la cession comme payés par le sieur Crucy père, le tout pour prouver que s'il recevait d'une part, il payait également de l'autre. Nous ignorons quel motif a déterminé les sieurs Crucy à insérer dans la cession des paiements faits près de six mois avant sa signature.

Gautier est au nombre de ceux qui ont été payés par le

A reporter. . . 33500 10 „

D'autre part. . . . 33500 l 10 s " d

sieur Crucy père, ce paiement est sans doute inscrit sur le livre de caisse, que les sieurs Crucy se sont obstinés jusqu'à ce jour à ne pas produire, malgré les sommations qui leur ont été faites.

Nous voyons sur le livret de M.me Crucy mère, au 6 août, cet article écrit en entier de la main de M. Louis Crucy.

Reçu de M. Gautier, en emprunt, ci 2000 liv. et renouvelé son billet du 16 juin, de 6000 l., en un an, date 10 juillet 1785, à cinq pour cent, ci 2000 liv.

1.er Août, grand-livre CF., par caisse, pour autant qu'il nous a compté.

Dans la cession, au nombre des sommes reçues par le sieur Crucy père, de Gautier, architecte, ci. 2000 liv.

A l'article des lettres et billets à payer, consignés dans la cession, un billet de Gautier, de 6000 liv., payé par le sieur Crucy père, et à la suite, une somme de 8400 l., reçue par le sieur Crucy père, le 10 juillet dernier, pour quoi, lui ai consenti mon billet payable les 10 et 20 juillet 1786.

Le billet de Gautier, de 6000 l., étant payé, si le sieur Crucy père emprunta, le 10 juillet, une somme de 8400 l., intérêts compris, comme cette somme n'a pas été portée au compte de la charge, il est juste que, n'ayant profité qu'aux sieurs Crucy, cette somme soit distraite du passif de la cession. D'après ce motif, rejet.

Nous trouvons, f.o 20 du livret de M.me Crucy: le 18 mars 1785, à M. Girbou, pour un terme d'un an de 3000, l. 150 l. à la suite M. Louis Crucy écrivit ces mots, en partie biffés : *renouvelé même jour.*

Aussi, d'après cette inscription, nous porterons au passif de l'hérédité, ci . . . . 3000 " "

Quant aux 2000 l. excédant cette somme, nous n'en prendrons pas charge, attendu que le livret de M.me Crucy n'en fait aucune mention.

Quant aux sommes dues à la Motte-Beaumont et autres inscrites au compte de 1830, nous nous renfermons dans les conclusions de notre mémoire, f.o 153, qui restent subordonnées ici aux éclaircissements qui seront fournis par les comptables, ci, *mémoire.*

A reporter. . . . 36500 10 "

D'autre part. . . . . 36500 l 10 s „ d

4.° Pour le compte des divers débiteurs, net des paiements faits par Crucy père, ci 595 l. 6 s.

Les paiements prétendus faits par le sieur Crucy père, et inscrits sous les noms de Guérin, de Méchin et Garreau, furent faits d'après le livret de M.me Crucy mère, f.° 9, le 3 juin 1784.

L'identité des sommes payées en est la preuve la plus convaincante, Guérin reçoit d'après la cession 1548 6 8

Livret de M.me Crucy, f.° 9, 3 juin 1784, Guérin, 1548 6 8

Méchin et Garreau, suivant la cession . . . . . . 620 12 „

Livret de M.me Crucy, au 3 juin 1784. Mechin et Garreau 620 12 „

On laisse, d'après des faits semblables, à juger de la délicatesse et de la loyauté des sieurs Crucy à dresser leur inventaire sur les livres de leur père et d'après son consentement.

Cette somme de 595 l. est sans doute controuvée comme les deux paiements précédents, puisque le nom du créancier n'est pas même inscrit dans la cession. Ainsi, rejet.

5.° Contre-Moulin, énoncé de la cession. « Qu'il est dû à » Contre-Moulin, pour son billet à notre ordre, qu'il nous a » remis en paiement de 1645 liv., dont il est débité à l'article » des débiteurs en comptes courants, la somme de 170 liv. »

Contre-Moulin ayant une fois payé, ne pouvait pas payer itérativement cette somme, portée aux débiteurs en comptes courants; elle était surabondante, augmentait la masse des débiteurs, sans profiter à la masse des héritiers Crucy. Cette somme est portée sans aucune raison à la charge de la succession, par le motif qu'étant payée avant la cession, elle ne devait pas y figurer. Nous porterons au débet de la succession l'excédant de ce que devait Contre-Moulin . . . . ci 55 „ „

6.° Dû, pour le compte de Mouton, de Paris, y compris les billets ordre Bernachez, suivant la cession, ci . 26560 l.

Il y a dans le compte trois parties parfaitement distinctes, 1.° son solde de compte, au 20 août 1785, que nous portons au passif de l'hérédité. . . . . 4948 „ „

2.° Le solde des 26400 l. consistant en billets, consentis à Bernachez, le 26 janvier 1785, payables au domicile de Mouton; une somme de 5909 l. 2 s., ayant été acquittée à la date du 20 août, les sommes à payer postérieurement et qui sont à

A reporter. . . . 41503 10 „

D'autre part . . .	41503 l. 10 s. 〃 d.
la charge de la succession, s'élèvent à 10490 liv., que nous portons à son compte, ci	10498 18 〃

Quant au 3.me article, relatif aux 1108 l., nous n'en tiendrons aucun compte, jusqu'à ce que les sieurs Crucy ne fournissent, non seulement l'inventaire du 15 juin 1785, mais encore le réglement des sommes reçues par Bernachez avant et après le 15 juin 1785. Jusques là, rejet.

7.° Ledroit et Bachelet, déduction du quart de M. Montaudouin, 6000 l.

Ledroit, voiturier par terre, livre IX, f.° 16, avait jusqu'au 9 août 1785, transporté 3055 arbres, à 5 francs chaque, 15275

Il avait, suivant le même, reçu, jusqu'au 30 août. 13601 } 14201
plus, le 4 septembre . . . . 600 }

Déduisant de 1074 liv. le quart de M. Montaudouin, qui était de, ci 268 l. 10 s., restait. dû. . . . . 807 10 〃
au lieu de 2250 l. 〃 s., insérés dans la cession.

Mais, à la suite du même compte, on voit qu'il transporta 397 arbres, du 28 septembre au 27 octobre 1785, ces bois faisaient partie de ceux omis par les sieurs Crucy dans l'inventaire de la forêt de Valles, et comme leur produit a été porté à la charge des sieurs Crucy, il est juste de leur tenir compte des divers frais que ceux-ci ont occasionnés. Les 397 arbres, à 5 l. de transport chaque, ci . . . . 1985 〃
Déduisant le quart de M. Mautaudouin, ci. . . . 496 〃

Total 1488 15

Reste à porter au compte de la succession.	1488 15 〃

Bachelet fut soldé au 7 juillet 1785, par 1620 l. 7 s.

Au 12 août 1785, il lui était dû, suivant son compte communiqué, ci. 2827 7
Pour augmentation, ci. 2 14
Au 3 septembre, il lui était dû 4815 18
Plus 1519 pieds cubes, à 7 sous, ci. 521 13

8167 12

A reporter.	54298 13 〃

D'autre part . . . . . 54298 l. 13 s. 〃 d.

D'autre part. . . 8167 l. 12 s.

La maison Crucy, compte à Bachelet, comme suit : le 28 juillet 900
le 6 août.. 600
le 3 septembre. 900
plus, ledit jour, la traite de Pauvert-Mauny. . 1570 } 3970 〃

Reste . . . 4197 12

Déduisant le quart de M. Mautaudouin, qui est de 1049 8
restait dû à Bachelet, à l'époque du 6 septembre 1785, pour bois omis dans l'inventaire, et que nous portons au passif de la cession, ci . . . . 3148 4 〃

SIXIÈME ARTICLE DE LA DÉCHARGE.

1.° Les sieurs Crucy réclament à l'égard de Caterneau une réduction de 4325 l., attendu que cette somme a été reçue par eux en assignats; attendu que les arbitres ont jugé convenable de regarder comme certain que les sieurs Crucy ont perdu sur la créance Caterneau une somme de 5857l. 2 s. qu'ils leur ont allouée en dépense. Nous allons démontrer que ni l'une ni l'autre de ces soustractions n'est et ne peut être admissible.

1.° Il y avait, à l'égard de la créance Caterneau, deux échéances parfaitement distinctes : l'une au 6 septembre 1785, qui regardait la succession du sieur Crucy père, et l'autre depuis cette époque, qui, par la cession, était la propriété des sieurs Crucy.

Suivant Raffaneau, il n'y avait sur les livres aucun compte ouvert à Caterneau. La maison Crucy étant en procès avec celui-ci, avait pris toutes les mesures pour faire opérer les rentrées ; il est réellement extraordinaire que dans ces articles comme dans une infinité d'autres, les sieurs Crucy ne produisent aucun compte, aucune pièce relative à la sentence obtenue contre Caterneau, pour perte des bois qui composaient les trains qui se brisèrent près du pont de la Belle-Croix.

A reporter. . . . . . 57446 17 〃

D'autre part. . . . . . . 57446 l. 17 s. » d.

Suivant le compte de Ledroit, il était dû par Caterneau, au 27 octobre 1785, par suite des omissions faites dans l'inventaire de la forêt de Valles, du 31 août même année, une somme de 24749 l. 15s. sur lesquels, disent les sieurs Crucy, il avait été reçu à la deuxième époque 17151 l. Restait donc à payer par Caterneau, pour solde, la somme de 7598 l. Or les cessionnaires, suivant leur compte n.° 3, ont reçu 12971 l. 18 s., il est donc évident que la somme dûe à l'hérédité, est plus que couverte; qu'ainsi les sieurs Crucy ne peuvent lui faire supporter une perte qui s'élèverait suivant eux à une somme de 10182 l., tandis qu'il n'était dû à la succession qu'une somme de beaucoup inférieure. De pareilles prétentions sont tellement illusoires, qu'il est superflu et surabondant d'en parler *encore*.

Nous exigeons les comptes de Caterneau et les livres sur lesquels ils sont inscrits. Jusques là, rejet.

§. 2 DU SIXIÈME ARTICLE.

Dettes non comprises dans la Cession.

« Par le jugement arbitral enregistré le 5 décembre 1820, » il avait été reconnu et admis, d'après les pièces produites, 1.° une somme de . . . . 18024 l. 17 s. 8 d. »

Si les pièces à l'appui d'une somme aussi considérable ont été fournies aux arbitres, quel motif a pu empêcher les sieurs Crucy de les présenter à leurs adversaires, plus intéressés sans doute que lesdits arbitres à ce qu'elles leur fussent données en communication? Le motif de ce refus est une preuve que leur degré de conviction ne serait pas suffisant pour que nous puissions admettre une aussi énorme dépense.

Nous allons prouver qu'elle est inadmissible par le fait que les sieurs Crucy, à l'ouverture du procès-verbal de partage des biens de la succession des père et mère, lequel commence le 18 août et finit le 1.er septembre 1788, ne firent aucune réclamation sur cette dépense, qu'ils prétendent aujourd'hui avoir été faite par eux.

Au bas des f.os dudit procès-verbal est écrit. « Ledit maître

A reporter . . . . . . 37446 17 »

D'autre part . . . . . . 57446 l. 17 s. " d.

» Papin, (déclaré au f.° 3, paragraphe 2, avoué des sieurs » Mathurin et Antoine Crucy son frère, émancipé de justice) » a requis que nous procédions à notre commission; nous à » ressaisis à cette fin des titres de propriété, et a signé sous la » réservation des droits de ses parties. A l'endroit, a aussi » comparu maître René-Jacques-Marie Biclet, procureur du » sieur Louis Crucy, marchand de bois, et des sieurs Peccot » et Chéguillaume, et des demoiselles Crucy, leurs épouses, qui » a déclaré, pour ses parties, consentir au procès-verbal dont il » s'agit; a réservé les droits de ses parties, et a signé.

» Desquels dire, réquisitoire et consentement nous, experts, » avons rapporté acte, et nous étant transportés dans la rue » de Saint-Léonard, nous avons vaqué à notre procès-verbal » comme suit, etc. »

Le choix des loties eut lieu le 7 mars 1789, après deux balancements, l'un du 30 décembre 1788, contrôlé et insinué le 3 janvier 1789; l'autre du 26 février 1789. Celui du 26 février ayant été adopté, f.° 144, sans aucune observation ni restriction de la part des sieurs Crucy. « Le sieur Mathurin choisit, en » sa qualité d'aîné, la seconde lotie.

» Le sieur Crucy, même folio, en sa qualité de second » choisissant, a déclaré prendre et choisir la quatrième lotie » etc., le sieur Antoine, la première desdites loties, etc. »

Les sieurs Peccot, f.° 145, et Chéguillaume, les 3.mes et 5.mes loties, f.° 150. A ce moyen, lesdits comparants ont déclaré se trouver bien et également partagés, et renoncer à revenir contre la présente, et ont signé. De tout quoi, nous greffier susdit, avons rapporté acte, pour valoir et servir ce que de droit, ainsi signé sur la minute : Robert.

Les sieurs Crucy réclament, après leur acceptation des partages, et au bout de plus de quarante six-ans, la modeste somme de 18024 l. 17 s. 6 d.

Les partages sur lesquels cette dette est assise se sont faits sans aucune réclamation de leur part, ils se déclarent bien et également partagés, et renoncent à revenir contre ceux-ci. D'après ces faits, la demande de 18024 l. 17 s. 6 d. est donc un retour de la part des sieurs Crucy contre ces partages; elle est un

A reporter . . . . 57446 17 "

D'autre part	57446 l. 17 s. » d.

retour contre leur signature, et on peut affirmer avec vérité que si cette même demande des sieurs Crucy eût été fondée en 1788, époque des partages des biens des sieurs et dames Crucy, que les sieurs Crucy, Mathurin, Louis et Antoine, n'en auraient pas fait présent à leurs sœurs. D'après ces faits, nous rejetons entièrement cette demande exagérée de plus de moitié, ce que nous prouverions s'il en était besoin.

Il est évident que la description de cette portion de maison est comprise avec les parties accessoires de la cinquième lotie, pour un revenu de 800 liv. et les sieurs Crucy réclameraient pour cette portion de maison 18024 liv., voir les f.os 109, 110, 111 et 112, paragraphe 3 du partage des biens des sieurs et dames Crucy, commençant par ces mots « En retour de » ces derniers logements, au midi de la cour, un autre corps » de logis, etc.

Sommes à porter au compte de l'hérédité.

Valin, receveur des contributions	40	»	»
Idem..	135	»	»
Idem..	44	»	»
Michel Brodu, pour rente.	15	»	»
Biclet, procureur, nous trouvons qu'au lieu de 900 l., payées à Biclet, pour solder les experts, il ne paya au contraire que 234 l. 17 s., que nous portons au compte de la succession, le surplus ayant dû être payé par cinquième, et par chaque intéressé, ainsi que la somme est désignée au bas dudit procès-verbal.	234	»	»
Marquenet, cirier, en deux articles	658	»	»

Au nombre des articles omis, figurent celui ci-après, réellement extraordinaire.

Trévin, curé de Vertou.

Journal, f.o 168, article du 11 juillet 1788, à la succession de M. Trévin, curé de Vertou, pour ce qui suit, lequel fut

A reporter	58572 17 »

D'autre part . . . . . . 58572 l 17 s // d

adjugé à Jean Crucy, lors de la vente des effets appartenant à ladite succession ; SAVOIR :

Pour un cheval rouge, avec selle et bride . .	160 l.
idem noir, *idem* *idem* . .	150
Pour le fait adjugé le 18 décembre 1775 . . .	180
	490

Il est une chose à observer, c'est que le journal ne fait aucune mention de paiement. En effet, est-il croyable que le recouvrement d'une vente publique, en supposant que les sieurs Crucy aient payé en 1788, n'eût lieu qu'après treize années écoulées ? Nous ajouterons encore : surtout la vente d'un curé. De pareilles billevésées ne sont pas admissibles, et les sieurs Crucy en entassant mensonges sur mensonges, étaient sans doute loin de s'attendre que chacun de leurs articles serait discuté séparément, et qu'il serait fait distraction de la vérité et du mensonge. Comme cet article incroyable n'est appuyé d'aucune pièce, ne paraît pas même payé d'après son inscription, nous le rejetons.

Mémoire de Bruneau, Huissier.

Les sieurs Crucy affirment la représentation dudit compte ; et, chose assez particulière, il n'a pas été produit à nous, partie intéressée.

Après avoir compulsé notre mémoire, nous avons reconnu que Bruneau, huissier, n'y était pas inscrit. Il est vrai que c'est une pièce retrouvée, et qui sert à completter la recharge de cent vingt mille livres sur le passif de la cession.

Le compte de Bruneau fut payé en 1789, quatre années après la mort du sieur Crucy père. Les sieurs Crucy croiront seuls à cette créance, mais ils ne pourront nous persuader que l'huissier put attendre quatre années après le décès du sieur Crucy père, pour recouvrer une somme de 1051 liv., qui lui étaient dues du vivant de ce dernier. C'est pourquoi nous rejetons cette somme, que nous regardons comme apocriphe, attendu qu'elle n'est portée sur aucun compte antérieur à celui de 1830.

A reporter . . . . . . 58572 17 //

D'autre part. . . . . 58572 17 „

Les sieurs Crucy portent deux billets ordre Goyard, ensemble de 2673 l. 2 s. 6 d. Goyard fut soldé au 10 juin 1785, pour fournitures de bois faites à ladite époque. Nous avons inutilement demandé les comptes de Goyard; nous avons sommé, mais en vain, les sieurs Crucy de fournir l'inventaire du 15 juin, sur lequel cette somme est sans doute portée au nombre des lettres et billets à payer. Nous sommes près d'acquiescer à tenir compte aux sieurs Crucy de cette somme de 2673 l 2 s 6 d, aussitôt qu'ils nous auront prouvé qu'elle n'est pas inscrite sur l'inventaire du 13 juin, signé par le sieur Crucy père. Jusques-là, rejet.

Les sieurs Crucy déclarent avoir payé, suivant quittance du sieur Mayer, la somme de 2400 l., pour les tailles de 1785 ci . 2400 „ „

Pour la ferme d'un hangar à Choisi, suivant quittance.

Le 18 mars 1786, les sieurs Crucy payèrent 51 l. 10 s. pour ferme de l'hangar de Choisi-le-Roi, dans lequel on déposait les buis achetés par Augée, Herouard et C.ie

Nous avons maintenu qu'il existait en 1785 plus de trente milliers de buis. En effet, comment peut-on croire que les sieurs Crucy fassent payer à la succession une somme de 51 l. 10 s. pour location, si elle n'y était pas intéressée ? Nous allouons ladite somme, et demandons en outre l'inventaire des buis qui fut fait avant la signature de la cession. . . . 51 10 „

§. 3. *Sommes versées à Madame Crucy, en onze paiements que nous allons énumérer.*

Le 1.er paiement de 600 liv. eut lieu le 14 octobre 1785; 30 *idem*, 900 l.; 10 mars 1785, 900 l.; 20 mai, 501 l.; 8 juin, 3000 l.; 15 août, 282 l.; 9 septembre, 616 l. 15 s. 11 d.; 18 octob. 390 l.; 5 novembre, 600 l.; 8 décembre, 300 l.; 22 décembre, 500 l.; au total : 8487 l. 15 s. 11 d.

Mme Crucy mère, recevait encore au 18 septembre 1785, et le 14 octobre suivant, elle demande à ses enfants, pour ses besoins, une somme de 600 l.; le 30 du même mois, il lui est encore versé une somme de 910 l. Cela n'est pas croyable: M.me Crucy, du 2 au 18 septembre reçoit, en diverses petites

A reporter. . . . . . . 61024 7 „

D'autre part . . . . 61024[l] 7[s] „[d]

sommes, plus de 900 l., indépendamment de 2400 l. reçues de Gautier, pour le compte de la maison de Mme Dulac; plus 900 l. reçues de Seheult, enfin 900 l. reçues de Duparcq.

Il n'est pas à supposer que les sieurs Crucy aient enlevé à leur mère toutes et telles sommes qu'elle avait reçues jusqu'au 18 septembre, pour la contraindre ensuite un mois après la cessation des affaires de la maison dont elle avait en partie la direction depuis plus de cinquante années, à demander à ses enfants 1500 l., afin de satisfaire à ses besoins jusqu'au 25 décembre, époque de la rentrée de ses revenus, qui étaient de 6369 l. Voir le procès-verbal de partage du 1.er septembre 1788.

Madame Crucy, en admettant que ses enfants lui eussent enlevé tout l'argent qu'elle pouvait avoir au 18 septembre, dernière date de son livret, reçut, au 25 décembre 1785, trois mille cent et quelques francs de ses revenus, il est évident que cette somme dut lui suffire et même au-delà, jusqu'à l'époque de la Saint-Jean suivante. Ce fait serait constaté par l'argent prétendu donné par les sieurs Crucy, à la date du 14 octobre jusqu'au 30 dudit mois.

En effet, si 1500 l. ont suffi aux besoins de Mme Crucy, du mois doctobre au 25 décembre 1785, 3000 liv. devaient donc également lui suffire, depuis ce laps de temps jusqu'au mois de juin suivant. En conséquence, les 4500 l. que les sieurs Crucy déclarent lui avoir fournis du 10 mars au 8 juin 1786 étaient donc surabondants.

Les 2500 l. lui fournies depuis le 15 août jusqu'au 22 décembre, peuvent être rangées dans la même cathégorie: nous observerons seulement que le dernier paiement est plus extraordinaire, en ce qu'il a lieu trois jours avant la rentrée des loyers de Mme Crucy, et environ quinze jours avant sa mort, qui arriva le 7 janvier 1787.

D'après des données aussi exactes, aussi positives, et tirées des actes des sieurs Crucy, il serait difficile de croire qu'ils aient pu compter à leur mère plus de 1500 liv., si toutefois ils lui ont enlevé, au 18 septembre 1785, jour de la clôture de son livret, toutes les sommes qu'elle avait reçues depuis le 15 juin.

A reporter . . . . . . 61024 7 „

D'autre part.	61024 l.	7 s.	" d.

Les dépenses successives, et de six mois en six mois, n'ayant pas dû, d'après les premières données établies par les sieurs Crucy, excéder la recette que M.me Crucy faisait aux époques de Saint-Jean et de Noël de chaque année,

Nous maintenons l'impossibilité d'une pareille dette, et ne prétendons y adhérer, qu'au vu des reçus de M.me Crucy mère, motivés sur ses besoins, ainsi que l'annoncent les comptes des sieurs Crucy.

§. 4. *Rentes foncières payées aux héritiers Filion.*

Nous souscrivons au réglement de MM. les Arbitres sur cet objet, sous la condition néanmoins que les quittances, jusqu'au 3 mars 1791, nous soient exhibées, et sous la réserve de tous droits après vérification.

Nous réservons, en outre, toute action en dommages et intérêts contre les sieurs Crucy, pour avoir cessé de servir cette rente depuis 1791, sans nous en prévenir, comme cohéritiers, et nous avoir soumis inopinément à des contraintes pour des arrérages accumulés : ce recours est fondé sur les principes du quasi contrat de gestion d'affaires (Code civil, articles 1332 et 1373).

§. 5. *Rente viagère Houstat.*

Nous acquiesçons encore ici à l'avis arbitral; mais sous la condition que les sieurs Crucy produiront toutes les quittances, tant celles qui ont été servies aux arbitres, que celles qui sont mentionnées à chacun des paiements inscrits aux journaux A et B.

Cette rente et la précédente sont portées ensemble au compte signifié pour 9789 l. 12 s. L'avis arbitral alloue d'une part 1618 liv. et de l'autre 4180 liv. 8 s. 3 d., ce qui forme en tout 5798 liv. 8 s. 3 d . . . . ci . 5798 8 3

A reporter.	66822	15	3

D'autre part . . . . 66822 l 15 s 3 d

§. 6. *Frais des procès intentés aux héritiers Crucy par M. d'Autichamp.*

Ces frais se divisent en deux parties : la première concernant le procès relatif aux dégâts commis pour cause de jardinage, et le défaut de récolement général, qui eût dû avoir lieu à l'amiable avant le commencement de l'abattis des arbres.

La deuxième, qui regarde le procès survenu pour les 644 arbres qui, d'après la transaction du 7 décembre 1786, excédaient par suite du récolement général le nombre porté dans le marché du 18 juin 1781. Ce procès fut gagné à Paris par MM. Crucy, d'après la transaction ci-dessus de la forêt.

Les frais du contrôle de l'achat de la forêt furent à la charge de la succession Crucy, ainsi que ceux ci-après; ils se composaient: 1.° de ceux du contrôle de l'acte d'achat, et sont portés par les sieurs Crucy, dans leur compte de 1830, à 855 l. tandis qu'ils n'ont coûté que. . . . . 570 liv.

Voir l'extrait des contrôles d'Angers; le paiement est en moins que ledit compte, de 285 l.

Les sieurs Crucy reconnaissent ledit extrait en tant qu'il faut faire payer à leurs cohéritiers ladite somme, et, non contents de cela, ils la surchargent encore; mais ils oublient son existence, lorsqu'on leur prouve par son paiement que l'achat de la forêt de Valles ne s'est élevé qu'à 244000 l., charges comprises, tandis que, suivant eux, il a coûté 266000 l., charges non comprises.

L'indemnité payée à M. d'Autichamp, suivant la transaction du 7 décembre 1786, fut de 6000

A Boquet, suivant le même acte 300

A M. des Marquais, pour assistance au récolement . 1200

Au sieur Peccot, pour frais de voyages. 734

Au sieur Peccot fils. 30

Frais de journées portés dans le récolement général au compte de la succession Crucy

A reporter. . . . . . . 8834 "

A reporter 66822 15 3

D'autre part.		66822 l 15 s 3
Report.	8834 l „ s	

Nous observerons que les deux récolements partiels faits par ordre des sieurs Crucy, en vertu des articles 5 et 6 du *sumptum* de vente de la forêt de Valles, n'employèrent, le premier, que 11 journées, et le second, 5 journées. Qu'en prenant pour base ces deux produits, il en résulte qu'il n'a été employé pour l'achèvement du récolement général que 156 journées, qui payées, suivant le livre X, à 20 sous par jour, donnent un total de ci. . . . 156 „

Les sieurs Crucy portent en dépense une somme de 364 liv., pour consultation d'avocat, copie de transaction. Il est à observer, à l'égard des avocats, que l'assignation fut donnée le 25 janvier 1786, et que la 1.re transaction fut signée le 11 février suivant. Ainsi, pour arriver à une transaction, on ne voit pas pour quel motif les sieurs Crucy auraient dépensé une pareille somme : aussi nous la rejetons, jusqu'à preuve de sa réalité.

Les deux contrôles des transactions sont portés à 113 l., cette somme est encore surchargée, et nous n'en tiendrons compte aux sieurs Crucy, qu'après les reçus à l'appui.

Les sieurs Crucy portent en remboursement à Marquenet 38 l. Ce fait paraît un peu extraordinaire, puisque les ouvriers de la forêt de Valles étaient les seuls employés aux récolements. Cette somme étant portée au compte des récolements partiels, elle est à la charge des sieurs Crucy, aux frais desquels étaient lesdits récolements.

Paiements des tailles depuis 1790. Cette somme étant due par la succession, nous la porterons à son compte, en déduisant toutefois le quart à supporter par M. Montaudouin.

A reporter.	8890 „	1728 „ „
A reporter.		66822 15 3

D'autre part.		66822 l. 15 s. 3 d.
Report.	8990 l. "	
Soustrayant le quart de M. Mautaudouin, ci .	2247 10	
	6742 10	
Reste à porter au compte de la succession.		6742 10 "

Toutes les sommes qui sont du ressort de la seconde partie du procès avec M. d'Antichamp, nous ne les sortons pas au compte de la succession, attendu que le procès contre M. d'Autichamp ayant été gagné, tous les frais faits pour parvenir au gain de cette cause ont dû tomber à sa charge, à moins que le jugement rendu à Paris ne portât le contraire. Nous rejetons donc toute allocation à son égard, jusqu'à la production dudit jugement.

Nous observerons cependant qu'à l'égard des 3206 liv. prétendues payées à Martin, il n'est pas admissible qu'une somme aussi énorme lui ait été comptée par les sieurs Crucy, qui avaient à Paris M. Mouton pour leur agent : ce M. Mouton suivait leurs affaires en général. Or, à quel motif le sieur Martin séjournait-il à Paris pendant six mois, au compte des sieurs Crucy, le tout pour attendre le résultat d'une affaire qui ne nécessitait aucunement sa présence, pendant un aussi long intervalle de temps ?

Pourquoi donner le nom de compte à un état de remises de pièces ?

Pourquoi les articles concernant les frais faits par Martin, tant à Angers qu'à Paris, sont-ils écrits d'une autre main que celle du compte ?

Pourquoi ce compte, que les sieurs Crucy disent arrêté en double, n'est-il pas revêtu des signatures des sieurs Crucy, et surtout du reçu de Martin pour une somme aussi considérable ?

Il finit ainsi :

« Arrêté le présent état détaillé de l'autre part, sauf » erreurs ou omissions, à Château-Gontier, le 8 juin 1792.

Signé: MARTIN.

A reporter.	73565 5 3

D'autre part	73565¹ 5ˢ 3ᵈ

OBSERVATIONS.

Les sommes pour le temps passé par Martin à Paris, sont écrites par une main étrangère, ce qui est contre toutes les régles et principes, et imprimerait du doute sur leur réalité.

Les 170 jours passés par Martin à Paris, avant que le jugement fût rendu, sont encore un motif assez puissant de doute, car personne ne pourra croire que les sieurs Crucy fussent assez peu intéressés pour envoyer à Paris, six mois avant la reddition du jugement, un solliciteur inutile, et auquel ils payaient 18 fr. par jour pour se promener dans Paris, tandis qu'ils y avaient un agent, M. Mouton, qui était chargé de leurs intérêts journaliers; cela n'est ni croyable ni admissible: les sieurs Crucy connassaient trop le prix de l'argent pour faire un semblable sacrifice, surtout sans un besoin urgent.

Un autre fait aussi important, c'est que les sieurs Crucy n'auraient pas balancé un seul instant à produire toutes les pièces insérées dans cet état, ainsi que les divers reçus à l'appui, s'ils eussent eu pour base la vérité toute entière.

Nous rejetons toutes les demandes des sieurs Crucy, relatives au procès des 644 arbres qui fut gagné par eux à Paris, jusqu'à ce qu'elles soient accompagnées des pièces signées des parties prenantes.

TOTAL	73565 5 3

Il résulte des faits consignés dans le présent :

1.° Que la valeur réelle des bois en chantier, prairie de la Magdelaine, a été portée, article par article, d'après le prix énoncé dans les listes communiquées ;

2.° Que le prix réel des bois de la forêt de Valles a été basé sur le compte rendu aux héritiers Montaudouin, par les sieurs Crucy; plus, sur les comptes de Mouton, sur l'extrait des archives de la marine, dont le dépôt est à Versailles; enfin sur le livre A contremarqué CF., communiqué, et qui est aujourd'hui ficelé ;

3.° Que la valeur des bois de Gèvres et de Goulaine, à défaut des pièces communiquées, a été basée sur le prix dû au vendeur ;

4.° Que le prix de la vente des bois, depuis le 16 juin jusqu'au 27 juillet, l'a été également d'après celles inscrites sur le journal et le grand-livre CF communiqués ;

5.° Que la recharge sur les effets en porte-feuille est conforme au livre des lettres et billets, aussi communiqué ;

6.° Que celle sur les débiteurs en comptes courants a été également basée sur les cotes de Raffaneau, et sur les livres communiqués ;

7.° Qu'il en a été ainsi des débiteurs divers ;

8.° Que les débiteurs douteux, faute de pièces et documents, ont été établis, sauf quelques modifications, sur les comptes des sieurs Crucy ;

9.° Que les sommes reçues pour loyers ont été établies, d'après les revenus consignés dans le partage de 1789 ;

10.° Que les crédits omis ont été basés sur les livres et pièces fournies ;

11.° Que le passif a été basé d'après les données positives et réelles qui nous ont été fournies ;

12. Il résulte en outre que, d'après le mémoire de Raffaneau, M. Crucy père n'avait eu avec lui aucune conférence concernant la cession à faire à ses trois enfants Mathurin, Louis et Antoine ; que le sieur Louis Crucy en était l'auteur, et que tous les documents et renseignements étaient fournis par lui seul.

Qu'ainsi l'inventaire du 15 juin 1785, tant et si souvent demandé par nous et par MM. les arbitres, est l'ouvrage de Raffanean et non celui du sieur Crucy père.

Que les sieurs Crucy se sont constamment refusés de le communiquer, par le motif qu'il n'est pas identique avec leurs comptes.

Les sieurs Crucy, en refusant de communiquer les livres de caisse, les livres de mémoires, livres de correspondance et autres, ouverts par Raffaneau, ont cru qu'il nous serait impossible d'atteindre la vérité.

Cependant, en l'absence de ces livres et à l'appui de quelques pièces produites, telles que les comptes de Mouton, nous sommes parvenus à la découvrir, cette vérité; à relever des erreurs majeures consignées dans la cession, et ensuite à prouver que le prix du quatrième et dernier terme de l'achat des bois de haute futaie de la forêt de Valles excédait de 8190 liv. le vrai débet de cet article.

2.° Que les 8400 liv. reçues par le sieur Crucy père, le 10 juillet 1785, et inscrites dans la cession, ne pouvaient être payées par les héritiers du sieur Crucy père, puisqu'elles n'étaient pas portées en balance à son actif.

3.° Que les 24059 liv. portées dans la cession comme ayant été reçues par le sieur Crucy père, avaient été également reçues par les cessionnaires : ce fait est attesté par le grand-livre CF, par le livret de M.me Crucy, enfin par MM. les arbitres.

Le sieur Crucy père était dans un tel état de maladie, qu'il put à peine signer l'acte de cession, voir le *fac simile* inséré entre les f.os 24 et 25 de notre résumé imprimé à Rennes. Il mourut neuf jours après cette signature, il ne put donc connaître le contenu de cet acte, et apprécier s'il était ou non rédigé dans le sens qu'il eût désiré, l'égalité de partage entre chacun de ses enfants.

Il est l'œuvre des sieurs Crucy, ce fait est incontestable. S'ils n'ont pas mis, dans sa rédaction toute la justice possible, l'arrêt de la Cour Royale de Rennes du

22 août 1829 nous a placés dans le cas de rectifier toutes les erreurs et omissions qui existaient dans cet acte.

Nous avons rédigé notre travail dans ce sens et d'après le petit nombre de livres et documents qui nous ont été communiqués. Si notre travail présente quelques erreurs, nous sommes prêts à les rectifier sur les livres et pièces qui nous seront produites par les sieurs Crucy.

Jusqu'à cette présentation, nous persisterons dans notre demande, que nous regardons comme juste et positive.

Ici se terminent les développements des recharges établies sur les comptes de nos adversaires. Si toutes les pièces nous eussent été communiquées, nous fussions peut-être arrivés à un résultat plus considérable encore que celui que nous présentons, et nous eussions, sans aucun doute, mis une plus grande précision dans nos débats: nous croyons néanmoins avoir prouvé tous nos maintiens, et nous concluons avec confiance à ce qu'il plaise à M. le Juge commissaire, et au Tribunal fixer la valeur de la succession des sieurs et dame Crucy.

ACTIVEMENT :

1.° Sous le prix des valeurs comprises au chapitre premier de notre compte, ainsi qu'elles sont détaillées au f.° 5 à 36 du présent, à la somme de	166188	6	6
2.° Pour la valeur des bois existant à la forêt de Valles ; telle qu'elle est détaillée aux f.os 37 à 40 ci-dessus, ci	205417	0	6
3.° Pour les effets en porte-feuille détaillés aux f.os 41 et 42 . .	50676	4	10
4.° Pour les débiteurs en comptes courants, tel que le détail en est établi aux f.os 47 à 66	219805	3	3
5.° Pour le compte des débiteurs divers, f.os 70 à 71	27903	12	6
6.° Pour les débiteurs douteux, f.° 71 ci-dessus.	17584	5	9
7.° pour les loyers reçus, f.° 72.	12679	10	"
8.° Pour les crédits omis dans la cession détaillés aux f.os 72 à 75,	90911	9	11
9.° Les sieurs Crucy ont porté dans leur compte rendu en 1830, à 11157 l., 10s. 3 d., les bois vendus du 16 juin au 27 juillet, tandis que, suivant le journal et le grand-livre CF., qui nous ont été communiqués, cette vente s'est élevée à, f.° 75, ci	38162	"	"
10.° Nous avons omis d'établir dans son lieu et place les bois de Gêvres et de Goulaine, que nous rechargeons de 8700 l. : ce qui donne, d'après le solde dû au vendeur, f.° 75, une somme de, ci	20700	"	"
TOTAL de l'Actif . . .	850027	13	3

Report de l'Actif, ci	850027	3	3

PASSIVEMENT :

Ainsi que nous l'expliquons, au f.° 76 à 105	73565	5	3
	776462	8	"
Sur cette somme, il a été compté par compensation à notre mère, en 1788, son cinquième dans celle de, ci.	173762	19	10
Reste à partager	602699	18	2

En conséquence, condamner nos adversaires solidairement entr'eux à nous payer celle de 120539 livres 11 s., faisant en francs 119033 55, formant le cinquième de celle établie d'autre part, ensemble les intérêts du jour de la cession : ou, en tout cas, du 3 mars 1788, jour de la demande, jusqu'à ce jour, et aux dépens de l'instance, sous la réserve de tous nos autres droits, actions et conclusions, tant sur la présente instance, que pour tous autres droits contre les sieurs Crucy.

Mathurin PECCOT.
Louis PECCOT.
Veuve Antoine PECCOT, née KIROUARD.
Antoine PECCOT.
Mathurin PECCOT.
JOLLY, *avoué*.

Nantes, Imprimerie d'HÉRAULT, rue de Guérande.

www.ingramcontent.com/pod-product-compliance
Lightning Source LLC
Chambersburg PA
CBHW071108260626
47162CB00006B/2255

9782011282293